O VERÃO DE 80
MARGUERITE DURAS

Tradução
Adriana Lisboa

O VERÃO DE 80

/re.li.cá.rio/

MARGUERITE DURAS

SUMÁRIO.

09 PREFÁCIO
Escrever seu tempo, escrever sua vida:
O verão de 80, de Marguerite Duras
por Anne Brancky

●

22 O VERÃO DE 80

●

125 SOBRE A AUTORA

127 SOBRE A COLEÇÃO MARGUERITE DURAS

PREFÁCIO.

ESCREVER SEU TEMPO, ESCREVER SUA VIDA: *O VERÃO DE 80*, DE MARGUERITE DURAS ●

*Anne Brancky**

---

*Anne Brancky é professora associada de estudos franceses e francófonos no Vassar College (estado de Nova York), com pesquisa voltada para a literatura francesa dos séculos XX e XXI. Seus ensaios e artigos foram publicados nos periódicos *French Studies, Modern Language Studies, The French Review* e *Interférences Littéraires*, e em dois volumes da série Marguerite Duras, publicada pela Lettres Modernes Minard: o 8º (*Marguerite Duras: mythe(s), écriture et création*, 2024) e o 6º (*Marguerite Duras et le fait divers*, 2020). Também publicou um trabalho no volume *French Cultural Studies for the Twenty-First Century* (University of Delaware Press, 2017). Sua obra *The Crimes of Marguerite Duras: Literature and the Media in Twentieth-Century France* foi publicada pela Cambridge University Press em 2020.

O verão de 1980 foi um momento decisivo na carreira de Marguerite Duras. Durante a década anterior, dedicou-se principalmente ao cinema: escreveu e filmou cerca de dez filmes, incluindo *Nathalie Granger* (1972), *India Song* (1975) e *Le camion* (1977). Quando ela aparece diante da câmera ou do microfone, trata-se de conversas entre amigos: gravou *Les parleuses*[1] com Xavière Gauthier em 1974 e trabalhou em *Les lieux de Marguerite Duras* com Michelle Porte em 1977. Mas em 1980, quando Serge July, então editor-chefe do *Libération*, pediu-lhe que escrevesse artigos que tratassem não "de notícias sobre política ou de outra ordem, mas de um tipo de notícia paralela a essas"[2] para o seu jornal durante os meses calmos do verão, ela voltou ao seu jornalismo de início, que, em muitos aspectos, marcaria a década seguinte.

1_ [N. T.] Encontro transformado em livro e publicado pela Minuit logo em seguida. No Brasil, a Record publicou-o com o título *Boas falas: conversas sem compromisso*.
2_ DURAS, Marguerite. *O verão de 80*. Trad.: Adriana Lisboa. Belo Horizonte: Relicário, 2024, p. 22. [N. E.] Para as citações, neste prefácio, de *L'Été 80* (Paris: Les Éditions de Minuit, 2008), será usada a presente tradução da obra.

Muito cedo na sua carreira, nas décadas de 1950 e 1960, Duras publicou regularmente na imprensa, principalmente no *France Observateur/Le Nouvel Observateur*, mas também em revistas femininas, como *Elle* e *Vogue*. Nos anos seguintes a *O verão de 80*, Duras reúne e republica esses primeiros artigos de jornal em volumes como *Les yeux verts* (1980), *Outside* (1981) e *Le monde extérieur, Outside II* (1993). Este último livro colige, na verdade, textos "exteriores", ou seja, destinados ao espaço público, que ela escreveria durante as décadas de 1980 e 1990. Na década de 1980, Duras aparece com frequência na imprensa participando de entrevistas. Ela é uma figura pública importante e traz seu ponto de vista idiossincrático para os debates contemporâneos. Em 1985, Duras escreveria um famoso artigo no *Libération* que cativaria e enfureceria o público francês, "Sublime, forcément sublime Christine V.", também encomendado por Serge July. Tanto para "Sublime" como para *O verão de 80*, July pede a Duras que escreva sua versão da notícia tal como ela a entende enquanto leitora do jornal. Nesses dois textos-chave, Duras confunde as fronteiras entre realidade e ficção, notícia e vida pessoal, entre o que advém da informação e o que pertence à intimidade.

Em *O verão de 80*, Duras também começa a revelar fatos sobre si mesma que invadirão suas obras literárias ao longo da década seguinte, a exemplo de sua relação "transgressora" com Yann Andréa, o jovem admirador que ela conhece pessoalmente pela primeira vez no verão de 1980, a quem o livro é dedicado e que nele aparece sob diversas formas. Nessa época, Duras também transforma escritos já publicados em textos autobiográficos. Por exemplo, *O amante* (1984), que ela afirma no programa *Apostrophes*[3] ser um romance autobiográfico, retoma certos aspectos de *Uma barragem contra o Pacífico* (romance de 1950), apresentando-os como eventos históricos. Em *A dor* (1985), Duras afirma coletar e publicar trechos de jornais do período da guerra, entre eles um que já havia sido publicado na revista feminista *Sorcières* ("Pas mort en déportation", 1975, v. 1, p. 43-44). Assim, quando se comprometeu a escrever estes pequenos textos para o *Libération* durante o verão de 1980, parecia entrar numa nova fase que seria decisiva para a década seguinte.

***

Os dez artigos de jornal que compõem este livro foram publicados semanalmente no *Libération* de julho a setembro de 1980 (durante dez semanas, com os títulos

---

3_ [N. T.] Programa da televisão francesa apresentado por Bernard Pivot.

"L'Été 1", "L'Été 2" etc.).[4] Duras os reúne para reeditá-los em livro já em novembro de 1980. Ela comenta sobre eles em sua introdução: "Hesitei em passar a esta fase de publicação destes textos em livro, era difícil resistir ao apelo da sua perda, a não deixá-los onde foram publicados, num artigo de um dia, espalhados em edições de jornais destinados a serem jogados fora".[5] Duras tem reservas quanto à escrita jornalística, que ela considera muito efêmera. Posteriormente, ela admite sua frustração com seus trabalhos recentes, especialmente com seus filmes, que se encontram "em frangalhos, dispersos, sem contrato, perdidos".[6] O devir de seus escritos é uma preocupação importante e geral para Duras durante esse período, daí o impulso de recolher e republicar textos que, de outra forma, se perderiam. Há portanto em *O verão de 80* uma tensão entre o caráter efêmero do jornal (datas, horários, atualidades) e o seu devir literário (estilo, personagens, intertextos).

Cada um dos capítulos do livro é escrito do ponto de vista da escritora em seu quarto, de frente para a praia de Trouville, uma cidadezinha litorânea da Normandia. Duras passava os verões lá porque, assim como Marcel

---

[4] Ver CHALOGNE, Florence de. L'Été 80: Notice. In: DURAS, Marguerite. *Œuvres complètes – III*. Paris: Gallimard, 2014. p. 1735. (Bibliothèque de la Pléiade).

[5] DURAS. *O verão de 80*, p. 22-23.

[6] DURAS. *O verão de 80*, p. 23.

Proust, tinha um apartamento no Hôtel des Roches Noires, onde escreveu vários textos, como *O arrebatamento de Lol V. Stein* (1964) e *Agatha* (1981). Em *O verão de 80*, a escritora fala na primeira pessoa desde as primeiras linhas: "Então, aqui estou, escrevendo para o *Libération*".[7] Esses artigos não envolvem a objetividade jornalística, mas desenvolvem uma visão pessoal do mundo. A recorrência do *motif* do olhar nos lembra a presença da autora ao longo do texto. Ela observa o que acontece na cidade e na praia lá fora a partir de seu "quarto escuro"[8] da escrita.

As crônicas se repartem em três grandes categorias que se entrecruzam constantemente: observações sobre o tempo e o mar; comentários sobre notícias mundiais (que ela afirma ter lido no jornal e visto na televisão); e vinhetas narrativas sobre um menino de seis anos e meio numa colônia de férias e sua monitora mais velha. Ao desenvolver esses três eixos ao longo de dez capítulos, em que não há espaços em branco nem parágrafos, Duras coloca no mesmo plano as notícias do mundo, os fenômenos naturais e as relações humanas. Através da justaposição desses assuntos, como em todos os seus

---

7_ DURAS. *O verão de 80*, p. 25.

8_ [N. T.] *Chambre noire* é como Duras se refere à criação, seja literária ou cinematográfica. Uma metáfora para seu processo criativo, solitário, em que ela projeta sua sombra interna na página em branco. Também diz respeito à experiência do cinema.

textos jornalísticos, ela suprime qualquer hierarquia entre as experiências privadas e individuais e as notícias políticas ou sociais do mundo.

Para Duras, o clima é um elemento fundamental da existência e até da escrita. Ela começa por evocar o ócio que pode caracterizar os lentos meses de verão, ócio do qual escapa graças à intervenção das forças naturais: "Não tenho um tema para este artigo. (...) Acho que vou escrever sobre a chuva. Está chovendo".[9] Nos capítulos seguintes, são o tempo e o oceano que emolduram e sustentam a sua escrita. Quase todas as seções se abrem com um comentário sobre o clima: "A névoa cobre a totalidade do céu";[10] "A tempestade foi repentina";[11] "O mar está alto";[12] "O tempo estava nublado e a tempestade chegou trazida pelo vento norte".[13] O clima marca tanto a passagem do tempo ao longo do verão quanto a mudança de estação à medida que o verão termina ("Estamos nos aproximando do equinócio de setembro, estamos nos aproximando do fim do verão").[14] A experiência do tempo também destaca uma experiência comum. Por

9_ DURAS. O verão de 80, p. 25.
10_ DURAS. O verão de 80, p. 31.
11_ DURAS. O verão de 80, p. 41.
12_ DURAS. O verão de 80, p. 59.
13_ DURAS. O verão de 80, p. 89.
14_ DURAS. O verão de 80, p. 99.

exemplo, Duras menciona certas experiências "universais" provocadas pelo mau tempo, como os veranistas que saem apressados da praia quando começa a chover: "somos os 300 mil indivíduos da região Trouville-Deauville relegados ao verão da chuva".[15] Duras destaca assim as semelhanças entre as notícias do jornal e o clima, dois elementos que constituem uma forma de identificar uma realidade compartilhada entre quem vivencia o acontecimento e quem o lê.

A natureza e a sua universalidade também se refletem na história do amor impossível entre o menino e sua monitora. Os atributos notáveis do menino são apresentados por sua maneira de observar as tempestades e o mar ("Vemos que o esplendor do mar está ali, ali também, ali, nos olhos, nos olhos da criança"),[16] atitude que ele compartilha com a autora, que também os observa. Ela encontra dentro de si mesma o olhar da criança: "Depois fecho os olhos para reencontrar em mim a imensidão do olhar cinzento",[17] ou seja, o olhar da criança "de olhos cinzentos". Ao observar tal menino, a narradora é também transportada para a leitura de um

---

15_ DURAS. *O verão de 80*, p. 33.

16_ DURAS. *O verão de 80*, p. 28.

17_ DURAS. *O verão de 80*, p. 62.

livro escrito por ela própria na mesma época, *Agatha*,[18] que se transforma, assim, numa história semelhante à contada sobre a criança e a monitora.

Nos anos que se seguiram à publicação de *O verão de 80*, o tema do amor proibido, mais precisamente do amor incestuoso, foi repetido de várias formas em diversos textos os quais Duras mais tarde admitiria serem autobiográficos. Em *Agatha* (1981), cuja escrita é citada em *O verão de 80*, trata-se de um amor proibido entre um irmão e sua irmã, ambos adultos. Em *O amante* (1984), essa fantasia incestuosa é acompanhada de uma camada de realidade, pois Duras evoca não apenas uma relação entre uma jovem adolescente e um adulto, mas também uma paixão entre a própria Duras quando criança e seu irmão mais novo. Ao mesmo tempo, em sua vida íntima, a autora manteve um relacionamento com Yann Andréa, 38 anos mais novo e que permaneceu com ela até sua morte, em 1996. Além disso, *O verão de 80* é dedicado a ele e, como lembra Florence de Chalogne, é a primeira vez que ela o menciona na sua obra, ainda que ele venha a ocupar um lugar central nos próximos anos.[19]

Em *Yann Andréa Steiner*, Duras aprofundará o vínculo entre o encontro com este último e *O verão de*

18_ DURAS. *O verão de 80*, p. 50-52.

19_ Ver CHALOGNE. L'Été 80: Notice, p. 1725.

80, texto que escreveu na época: "Era o verão de 80. O verão de vento e chuva. O verão de Gdansk. Aquele da criança que chorava. Aquele desta jovem monitora. Aquele da nossa história. Aquele da história aqui contada, a do primeiro verão de 1980, a história entre o muito jovem Yann Andréa Steiner e esta mulher que escrevia livros e que estava velha e sozinha".[20] O verão da criança e da jovem monitora também será retomado por Duras e Yann Andréa e retrabalhado em "La jeune fille et l'enfant" (gravado para a editora *Des Femmes* em 1982). A história que a monitora conta à criança em *O verão de 80* é em si um conto que Duras afirma ter escrito nas décadas de 1940 e 1950 e que se chama "La source".[21] *O verão de 80* não é, portanto, apenas uma colagem de diferentes temas misturados nas páginas do jornal, é também uma colagem de textos díspares que aparecem de diferentes formas em vários meios de comunicação ao longo dos anos seguintes.

O verão de 80 consiste, assim, numa miscelânea em turbilhão de diferentes histórias e registros. Duras escreve sobre a fome em Uganda que ela vê representada na televisão, o que a lembra sua infância na Indochina,

---

20_ DURAS, Marguerite. *Yann Andréa Steiner*. Paris: Gallimard, 2001. (Folio). p. 7-8. Tradução nossa.

21_ Ver CHALOGNE. L'Été 80: Notice, p. 1728.

bem como o retorno dos deportados no final da Segunda Guerra Mundial e o menino na praia. Dessa forma, o passado convive com o presente, as notícias mundiais evocam o sofrimento pessoal e este se confunde com o desejo irrealizado. Nestes textos e em todo o seu trabalho para a imprensa, Duras conta a notícia não como jornalista, mas como leitora e espectadora dessa notícia. Ela escreve sobre notícias e fatos que a fascinam pelo que lê na imprensa ou pelo que vê na televisão. Aborda o rapto de Maury-Laribière, o escândalo dos Jogos Olímpicos de Moscou, a mudança de regime no Irã (potência fascista que pune os homossexuais), a greve em Gdansk. Mas para Duras, os acontecimentos atuais são sempre um fato pessoal: "Vemos a história como vemos nossa infância, nossos pais, sem outra finalidade além do nosso advento".[22] A notícia é sempre de quem dela se apropria.

Se o livro se abre com o seu assumido engajamento de escrever o que vê, Duras parece perceber ao longo de dez crônicas a dificuldade de tal projeto. Só podemos escrever sobre um assunto depois de ele ter desaparecido: "era nos estados de ausência que a escrita se precipitava, não para substituir algo do que havia sido vivido ou que se supunha tê-lo sido, mas para registrar o deserto assim

---

22_ DURAS. *O verão de 80*, p. 70.

deixado", ela escreve.[23] Ao inscrever uma data sobre a capa do livro, Duras parece querer fixar um momento no tempo e acaba circunscrevendo sua perda. Mas para nós, leitores de 2024, esse "cadáver" do texto (como ela o descreve) é um cadáver falante.[24] Não se trata apenas de uma reprodução de notícias de um verão passado, mas de uma correlação entre acontecimentos atuais e experiências vividas através da escrita.

Paris, 2024

Tradução de Luciene Guimarães

23_ DURAS. *O verão de 80*, p. 83.
24_ DURAS. *O verão de 80*, p. 83.

Para Yann Andréa

No início do verão, Serge July me perguntou se eu considerava, entre as coisas possíveis, escrever uma coluna regular para o Libération. *Hesitei, a perspectiva de uma coluna regular me assustava um pouco, depois disse a mim mesma que poderia tentar. Nós nos encontramos. Ele me disse que o que queria era uma coluna que não tratasse de notícias sobre política ou de outra ordem, mas de um tipo de notícia paralela a essas, acontecimentos que me teriam interessado e que não necessariamente haveriam sido capturados pelo noticiário habitual. O que ele queria era o seguinte: todos os dias, durante um ano, não importava o tamanho, mas todos os dias. Eu disse: um ano é impossível, mas três meses, sim. Ele me disse: por que três meses? Eu disse: três meses, a duração do verão. Ele me disse: está bem, três meses, mas então todos os dias. Eu não tinha nada para fazer naquele verão e quase cedi, e depois não, tive medo, sempre aquele mesmo pânico de não dispor dos meus dias inteiros abertos ao nada. Disse: não, uma vez por semana, e as notícias que eu quisesse. Ele concordou. Os três meses foram cobertos, à exceção das duas semanas do final de junho e início de julho. Hoje, nesta quarta-feira, 17 de setembro, entrego os textos de* O verão de 80 *às Éditions de Minuit. Era disso que eu queria falar aqui, dessa decisão de publicar estes textos em livro. Hesitei em passar a esta fase de publicação destes textos em livro, era difícil resistir ao apelo da sua perda, a não deixá-los onde foram publicados, num artigo de um dia, espalhados em edições de jornais destinados a serem jogados fora. E então decidi que não, que deixá-los nesse estado de textos inacessíveis teria realçado ainda mais – mas com ostentação duvidosa – o próprio caráter de* O verão de 80, *ou seja, segundo me pareceu, o de me perder no real. Disse a mim mesma que bastavam os meus filmes em frangalhos, dispersos, sem contrato, perdidos, que não valia a pena levar a esse ponto uma carreira de negligência.*

Era necessário um dia inteiro para entrar no noticiário, era o dia mais difícil, muitas vezes a ponto de me fazer desistir. Um segundo dia era necessário para esquecer, para me retirar da escuridão desses fatos, da sua promiscuidade, para reencontrar o ar ao redor. Um terceiro dia para apagar o que havia sido escrito, escrever.

01

Então, aqui estou, escrevendo para o *Libération*. Não tenho um tema para este artigo. Mas talvez isso não seja necessário. Acho que vou escrever sobre a chuva. Está chovendo. Chove desde o dia quinze de junho. Deveríamos escrever para um jornal como se estivéssemos andando na rua. Andamos, escrevemos, atravessamos a cidade, ela é atravessada, termina, a caminhada continua, da mesma forma atravessamos o tempo, uma data, um dia, e depois ele é atravessado, termina. Chove sobre o mar. Sobre as florestas, a praia vazia. Não há os guarda-sóis do verão, nem mesmo fechados. O único movimento nos hectares de areia, as colônias de férias. Este ano eles são muito pequenos, parece-me. De vez em quando os monitores os soltam na praia, de modo a não enlouquecerem. Eles chegam gritando, atravessam a chuva, correm junto ao mar, berram de alegria, travam batalhas com a areia molhada. Ao cabo de uma hora, estão inutilizáveis, então os levam para dentro, fazem-nos cantar *Les lauriers sont coupés* [Os louros estão cortados]. Exceto um deles, que observa. Você não quer correr? Ele diz não. Bom. Observa os outros cantarem. Perguntam-lhe: você não quer cantar? Ele diz não. Depois se cala. Chora. Perguntam-lhe: por que você está chorando? Ele diz que se dissesse não entenderiam o que diria, que não adianta dizer. Chove nas Roches Noires, nas encostas argilosas das Roches Noires, essa argila perfurada em toda parte por nascentes frescas e que aos poucos avança, desliza em direção ao mar. Sim, existem dez quilômetros dessas colinas de argila que saíram das mãos de Deus, o suficiente para se construir uma cidade de 100 mil habitantes, mas desta vez não, não é possível. Então também chove sobre o granito preto e o mar e não há ninguém para ver. Exceto a criança. E eu, que a vejo. O verão não chegou. Em seu lugar, este tempo que não podemos classificar, que não podemos dizer qual é. Erguido entre o homem e a natureza, é uma parede opaca feita de água e neblina. O que é mesmo essa ideia, o verão? Onde ele está enquanto demora a chegar? O que era enquanto estava aqui? De que cor, de que calor, de que ilusão, de que simulacro era feito? O mar está na chuva fina, escondido. Já não vemos mais Le Havre nem a longa procissão de petroleiros parados em frente ao porto de Antifer. Hoje o mar está ruim, nada mais. Ontem havia uma tempestade. Ao longe, ele está pontilhado de fragmentos brancos. De perto, está por inteiro branco, branco em abundância, distribui infinitamente grandes braçadas de brancura, abraços cada vez mais vastos, como se recolhesse e levasse para o seu reino um misterioso repasto de areia e luz. Atrás dessa parede a cidade está cheia, fechada em seus imóveis de aluguel, as pensões cinzentas das ruas à inglesa. Os únicos movimentos são essas travessias deslumbrantes das crianças que irrompem morro abaixo em gritos intermináveis. Desde 1º de julho, a cidade passou de 8 mil a 100 mil habitantes, mas não podemos vê-los, as ruas estão vazias. Murmura-se: tem gente que vai embora, desanimada. O comércio estremece, desde 1º de julho os preços aqui só dobraram, em agosto triplicam, se forem embora o que será de nós? As praias são devolvidas ao mar, às lúdicas rajadas de vento, ao sal, à vertigem do espaço, à força cega do mar. Há sinais que são arautos de uma nova felicidade, de uma nova alegria, isso já circula nesta catástrofe relatada todos os dias com tristeza pelos nossos governantes. Nas ruas há pessoas solitárias andando ao vento, estão cobertas por impermeáveis *K-way*, seus olhos sorriem, elas se entreolham. Chegou em meio à tempestade a notícia de um novo esforço solicitado aos franceses diante de um ano difícil pela frente, semestres ruins, dias magros e tristes de desemprego crescente, não sabemos mais de que esforço se trata, de que ano, por que de súbito ele é diferente, não podemos mais ouvir esse senhor que fala para anunciar que há algo novo e que ele está conosco diante da adversidade, não podemos mais em absoluto vê-lo nem ouvi-lo. Mentirosos, todos eles. Chove sobre as árvores, sobre os alfeneiros por toda parte floridos, mesmo em Southampton, Glasgow, Edimburgo, Dublin, estas palavras, chuva e vento frio. Gostaríamos que tudo fosse esse infinito do mar e da criança que chora. As gaivotas estão voltadas para o mar, a plumagem alisada pelo vento forte. Ficam assim pousadas na areia, se voassem contra o vento ele quebraria suas asas. Fundidas à tempestade, espiam a desorientação da chuva. Sempre essa criança sozinha, que não corre nem canta, que chora. Dizem-lhe: você não quer dormir? Ele diz que não e que o mar está alto no momento e o vento está mais forte e ele pode ouvi-lo através da lona. Depois se cala. Estaria infeliz aqui? Ele não responde, faz um sinal sabe-se lá de quê, como o de uma leve dor, de uma ignorância pela qual haveria de se desculpar, talvez também sorria. E de repente vemos. Não o questionamos mais. Recuamos. Deixamos. Vemos. Vemos que o esplendor do mar está ali, ali também, ali, nos olhos, nos olhos da criança.

02

A névoa cobre a totalidade do céu, é de uma espessura insondável, vasta como a Europa, estática. É dia 13 de julho. Os atletas franceses vão participar dos Jogos Olímpicos de Moscou. Até o último minuto esperávamos que alguns não fossem, mas não, tudo foi confirmado. Durante um longo instante, hoje pela manhã, a luz do sol deslizou entre a tempestade e o vento. Duas horas. E depois foi encoberta. Encontraram o sr. Maury-Laribière. Mesmo que me incitem ao assassinato, mesmo que me mostrem Maury-Laribière chorando nos braços dos seus operários, deixo-o vivo. Não mato ninguém, nem mesmo Schleyer, nem mesmo aqueles que matam, nunca. Vejo que o crime político é sempre fascista, que quando a esquerda mata ela dialoga com o fascismo e com mais ninguém, absolutamente mais ninguém, que a liquidação da vida é um jogo fascista como o tiro ao pombo, e que isso se dá entre eles, entre assassinos. Vejo que o crime, seja ele qual for, sublinha a estupidez essencial do mundo, da força, das armas, e que a maioria das pessoas teme e reverencia essa estupidez como o próprio poder. Que vergonha. A criança calada continua olhando ao seu redor, para o alto-mar, para as praias desertas. Seus olhos são cinzentos como a tempestade, a pedra, o mar, a inteligência imanente da matéria, da vida. Cinzentos, olhos de cor cinzenta, como uma tonalidade exterior assentada sobre a força fabulosa do seu olhar. Deixam que ele saia da barraca, esse aí não vai fugir. Perguntam-lhe: em que você pensa o tempo todo? Ele diz: em nada. Dentro da barraca, os outros ainda cantam *Les lauriers sont coupés*. Na cidade, as pessoas colocam a bagagem nos porta-malas dos carros, a fúria dos chefes de família é dirigida à bagagem, às mulheres, às crianças, aos gatos, aos cachorros, em todas as classes sociais os chefes gritam na hora da bagagem, às vezes caem de tanto gritar e têm ataques cardíacos, enquanto as mulheres, com um sorrisinho de medo nos lábios, pedem desculpas por existirem, por terem cometido os filhos, a chuva, o vento, todo esse verão de infortúnio. Choveu o dia inteiro ontem. Então as pessoas saíram para o vento e a chuva, ao fim se decidiram. Cobriram-se com tudo o que encontraram, capas de chuva, cobertores, sacos de compras, lonas, e vimos hordas de migrantes caminhando de cabeça baixa contra o vento e a chuva numa impressionante igualdade de passo e aparência. Todos assumimos o aspecto da miséria, encharcados feito as paredes, as árvores, os cafés, já não somos feios nem bonitos, nem velhos nem jovens, somos os 300 mil indivíduos da região Trouville-Deauville relegados ao verão da chuva. Noventa por cento são famílias. O problema é saber onde se meter, o que fazer com seu carro e com seu próprio volume. O café continua ideal, com um espresso, três francos, passam duas horas abrigados, mais barato do que o estacionamento. Então, os líderes do truste da limonada acabaram com o café. A placa está por toda parte nos percoladores: Máquina quebrada. Servem, mas bebidas alcoólicas. Você chega ao meio-dia: um licor de framboesa? de pera? Trezentas mil pessoas, isso é mais do que Lille, do que Brest. O que esperam? Não é simples. Não se trata de um tempo do qual seria possível dizer que está mais ou menos ruim, trata-se de um tempo ainda não identificado, misterioso, ainda não designado, mas talvez em processo de sê-lo, sim, é possível. Você vê alguma coisa? Quanto a mim, o que percebo um pouco é que esse vocábulo, uma vez encontrado, não teria um sentido geral, seria regulado pelo próprio tempo e segundo ele, e somente ele. As famílias fazem piqueniques nos abrigos Decaux, nas garagens dos veículos pesados, nos hangares bombardeados do antigo porto de Honfleur, na ferrugem, nas urtigas, nos depósitos de butano, nas cabines de banho, nos canteiros de obras. O que aconteceu com as noites ociosas e lentas do verão, estendidas até a última luz, até a vertigem do próprio amor, de seus soluços, de suas lágrimas? Noites escritas, embalsamadas na escrita, doravante leituras sem fim, sem fundo. Albertine, Andrée eram seus nomes. Aquelas que dançavam diante dele, já infectado pela morte, que mesmo assim olhava para elas e que, enquanto estava ali, diante delas, dilacerado, aniquilado pela dor, já escrevia o livro de seu passado, de seu encontro, de seus olhares perdidos que já não viam mais nada, de seus lábios separados que já não diziam mais nada, de seus corpos ardendo de desejo, o livro do amor naquela noite em Cabourg. Brutal é agora a chegada da noite. Restam esses cassinos defuntos, o vazio monumental dos seus salões de baile. Resta gastar dinheiro. Os salões de jogos estão lotados, atrás das cortinas pesadas o piano de Keith Jarrett, o brilho dos lustres. O petrodólar está em alta. Daqui, por trás do ruído do ouro, não se ouvem nem o mar nem a chuva. O conhecimento do árabe é obrigatório. Nada de mulheres na conformidade da lei, as grandes amantes de Paris, as manejadoras de chicotes, as sacerdotisas dos desenfreados jogos da morte. Dois milhões por fim de semana é o preço do Kuwait. Mais um dia com todas essas coisas reunidas. O dia 14 de julho de 1980. O mar está menos branco, as ondas estão mais curtas, mais duras. A linha do horizonte foi reencontrada e também a longa fila de petroleiros em frente ao porto de Antifer. Contra o cinza do céu há uma pipa como as que são feitas na China, talvez, tem uma grande cabeça triangular vermelha, de serpente, e um corpo muito comprido, grande, um desenrolar de algodão azul. Como todos os dias, os contingentes das colônias de férias se derramam pelas praias e se espalham ali em cores e gritos. Hoje olham para a pipa e para o homem que a manobra com um guidom. O menino sozinho também está ali, também olha para a pipa, está um pouco afastado dos outros, não deve fazer de propósito, está sempre como que um pouco atrasado com relação ao primeiro movimento dos outros, aquele que vai em direção ao objeto da curiosidade, mas talvez se trate na verdade do contrário, de um interesse tão completo que o paralisa, impede-o de se mover. Não sabe que nesta praia há alguém olhando para ele. Virou-se e olhou para trás, para o vento, ao que parece, mudando de direção. E então, pronto, a pipa quer alguma coisa com força repentina, corre, mergulha, vasculha o ar, puxa, procura, procura. O menino vai em direção à pipa e para. É a primeira vez que vejo o corpo do menino tão perto de mim. Ele é magro, alto. Seis anos, provavelmente. O coração bate. Estamos com medo. A pipa busca superar um obstáculo, esse homem que a segura, ela tenta se desvencilhar desse homem. Nos olhos da criança há sofrimento. De repente o homem cede, grita, larga o guidom. A pipa voa feito louca em direção ao mar, e depois fica presa nas armadilhas do vento, cai morta. Por alguns segundos, as crianças ficam imobilizadas de espanto e depois recomeçam, estilhaçam a praia, todo o tempo, o espaço, o mundo. Presas de um impulso invencível, algumas se despiram e entraram no mar, outras entraram no mar sem se despir. Os monitores gritam: todo mundo junto. Nada. Os monitores distribuem tapas em todas as direções, mas as crianças são mais rápidas do que tudo, do que os monitores, do que a luz. Os monitores caem no mar. Depois, todo mundo riu, as crianças, os monitores, o menino sozinho, eu, que olho para ele. Depois, os meninos ficaram mais suportáveis, brincaram de filmes policiais, de guardas, de gângsters, estripando-se uns aos outros, crivando-se de balas, gritando ameaças de morte, tudo isso sem pretexto e sem explicação. Houve uma hora de sol, uma tepidez envolveu a cidade, de repente o vento cessou e disseram às crianças que elas podiam se banhar.

O menino solitário está de roupa de banho branca. Ele é magro, sim. Podemos ver claramente seu corpo, é alto demais, é como se fosse de vidro, já podemos ver o que vai se tornar, a perfeição das proporções, as articulações, o comprimento dos músculos, a fragilidade milagrosa de todos os ligamentos, as dobras do pescoço, das pernas, das mãos, e então a cabeça, que é carregada como uma emergência matemática, um farol, a extremidade de uma flor. O vento recomeçou e o céu voltou a ficar escuro. Fizeram a procissão de lampiões sob guarda-chuvas e os fogos de artifício continuaram comoventes, mais tristes e mais bonitos do que nos livros. E as criancinhas cantavam *En passant par la Lorraine avec mes sabots* [Passando pela Lorena com meus tamancos]. E no festival de Savonlinna, 50 mil habitantes, em direção ao sexagésimo paralelo norte, no meio de um deserto de lagos e granito, terminou para a eternidade dos tempos a *Flauta mágica*, de Mozart. Saímos pelos conveses dos barcos, era meia-noite, o sol se punha num vasto crepúsculo azul, límpido como a primeira idade da terra. Em Paris, no desfile, choveu, sobre o exército francês, sobre os novos tanques antiaéreos, caíram dilúvios, sobre o presidente da República também. Choveram telegramas de Brejnev aos presidentes alemão e francês felicitando-os por terem finalmente compreendido que o maior perigo que os Estados europeus enfrentavam era o do controle americano da Europa soviética. Neste momento Brejnev atravessa uma estranha fase de felicitações místicas e poliflorais. O Afeganistão está desaparecendo do mapa do mundo. Estamos em Moscou com o alegre Marchais. 19 de julho. Na televisão, a abertura desses Jogos Olímpicos. Brejnev está ali, morto, de olhos fechados, colocaram-no em pé e de sua boca de cera saiu um discurso, a voz era desprovida de timbre. Os 100 mil delegados soviéticos também estavam lá e por vezes notamos a diferença entre os aplausos, o sinal de partida e a lição aprendida. E sentimos medo, ficamos gelados de medo diante disso que víamos, esse povo entregue a isso que não tem nome, esse infortúnio do homem, da história do homem e da fraqueza imensurável desse homem, do tratamento infame que inflige a si mesmo. Era 20 de julho. Durante a noite a chuva caiu por oito horas seguidas, a princípio infantil, leve, quase tímida, e depois assentada, tenaz e velha. E então, dessa chuva saiu o sol, exausto. E na noite daquele dia houve a imensa festa de uma tempestade branca, que chegou bruscamente em meio à luz. O mar se tornou palco da chuva até onde a vista alcançava. Sob a marquise de um prédio abandonado estava a criança. Olhava para o mar. Brincava com pedrinhas catadas na praia.

Usava uma roupa vermelha. Seus olhos estavam mais claros do que de costume, mais assustadores também, devido à amplitude cega do que havia para ver.

03

A tempestade foi repentina, o vento chegou como se saísse de um fabuloso túnel de vento, não parou durante sete horas seguidas, levantou a lona de um carrossel, trailers, barcos de lazer, uma criança, não quebrou nenhum dos petroleiros no Antifer. Forças contraditórias estavam em ação entre os ventos, as correntes, os deuses, a chuva parou, o céu se abriu e o sol apareceu. Ele está ali, bilionário, no céu nu. E embaixo estão as pessoas. Aos milhares, saíram de suas casas e cobriram a praia com seus corpos estendidos. Foram ouvidas dizendo: ah, o sol, finalmente, preciso do sol, o sol é vida. Depois ficaram em silêncio. E o tédio caiu sobre a praia, o da fixidez do bom tempo nestas latitudes, o da desaparição do movimento nestes céus de passagem, da passagem das chuvas. A criança calada está estacionada com sua colônia de férias dentro de um perímetro específico. Os hectares de areia foram devolvidos aos adultos. É verdade, as crianças perturbam, não se consegue dormir nem ler nem falar quando há crianças, as crianças são quase tão terríveis quanto a vida. Era uma vez, disse a jovem monitora, um menininho chamado David, ele era loiro, era ajuizado, tinha partido a fim de dar a volta ao mundo num grande barco que chamavam de Almirante Sistema, e de súbito o mar fica ruim, muito ruim. No Irã, o governo da morte assumiu definitivamente o poder. O partido mais forte é reconhecido por seu potencial de morte, por sua maior ou menor capacidade de administrá-la. Mataram batedores de carteira, matam traficantes. E matam homossexuais. Isso porque no Irã, tal como na Rússia soviética, a admissão de fato da homossexualidade diante do opróbrio popular e governamental equivale a um importante ato político dotado de um valor soberano de exemplo no que diz respeito à expressão de todas as outras liberdades do ser humano, desde a escolha da espiritualidade até a da conduta do corpo. Faz parte da lógica do fascismo punir gays e mulheres. O mar é de um azul leitoso, não há vento que leve a história da jovem monitora, outras crianças atentas vêm escutar também, os veleiros dormem, uma névoa afoga a linha do horizonte e a procissão dos meus dinossauros de 412 metros de comprimento, de 70 metros de largura, das minhas doces e compridas baleias petrolíferas quebradiças e cegas feito vermes de vidro, tão perigosas quanto o fogo, o vulcão, o diabo. Estão nas mãos de capitães de fortuna que nada sabem da força do mar. Não conhecemos bem essa força do mar, estamos apenas começando a conhecê-la. Até agora, as formas e as proporções dos navios eram calculadas para que o homem pudesse frustrar essa força, não controlá-la. Mas aqui, o mar finalmente encontra presas à sua altura. O mar estava tão ruim, continua a monitora, que o Almirante Sistema afundou, que tudo pereceu no Almirante Sistema, pessoas e bens, menos ele, nosso pequeno David, e vejam só, passa por ali um tubarão, ele o vê nadando e chorando e, vá entender o que passa pela cabeça daquele tubarão naquele dia, diz a David, venha, suba nas minhas costas, menino, vou te levar até uma ilha deserta, e os dois vão embora e o tubarão diz a David que conhece bem o lugar porque faz a patrulha dos muitos cardumes de arenque nos portos de Long Island e Nantucket e já viu naufrágios, ah, sim, já viu muitos. Nada conheço acerca de Antifer, exceto a palavra, que não tem desinência, é estranha, como se tentasse constantemente ganhar um sentido sem jamais conseguir, inesquecível. A criança está ali, aquela que não fala. Será que escuta a história de David? A monitora conta que o tubarão vai muito rápido pela superfície do mar e que levanta junto ao corpo dois grandes jatos que mais parecem de neve, que ele relata aos gritos como passa a vida sob as instalações portuárias de modo a espionar os pescadores e ir alertar os arenques. A monitora conta a história muito devagar e muito bem, ela quer que as crianças fiquem quietas e as crianças ficam completamente quietas. Ratekétaboum é o nome do tubarão. Rakéboumboum, repetem as crianças. Será que o menino calado escuta a história? Não há como saber de que forma chega até ele, é mais ou menos como se fosse a primeira vez que ouve uma história. Não se move, olha para a monitora, mas nada vemos em seus olhos cinzentos. Talvez ele seja insensível, é uma possibilidade. Que nada nele responda à história, que ele ainda não tenha o tempo vago, sim, o tempo para deslizar para fora de si mesmo, isso também é possível. "Ele", essa palavra, ainda é o que olha, o que vê, ainda é esse arrancamento do exterior dele e essa absorção no interior dele daquilo que olha e do que vê, esses dois movimentos inseparáveis, de igual força. E é ainda a ignorância de tudo isso, na qual se encontra. O tempo está tão calmo que bandos de andorinhas aparecem sobre a praia para caçar insetos, pensam que é um lago enorme, percebem o erro e voltam para as colinas. O tubarão repreende David, que está chorando, diz que não é gentil recordar-lhe que foi ele quem engoliu os passageiros do Almirante

Sistema, incluindo o pai e a mãe de David, então David pede desculpas ao tubarão e segura as lágrimas, enquanto a ilha aparece acima do mar, é uma ilha equatorial, como um buquê de folhas de palmeira, e agora todo mundo já para a água, diz a monitora, continuamos no próximo número. Gritos de indignação e todos vão se atirar no mar tranquilo e quente. E então chegou o dia 25 de julho, sem aviso, como o ciclone, abrasador. O sol estava ali, fixo como a lei, e fez 30 graus na sombra. As pessoas disseram que era possível esperar qualquer coisa nesta costa de aparência acolhedora, mas nem mesmo os arenques desovam aqui, vão para a costa irlandesa, contornam-na como no Cretáceo, quando era fechada. E depois a praia foi abandonada e as pessoas foram se deitar à sombra das árvores, das barracas, das paredes desses grandes hotéis abandonados atrás dos quais esperávamos a noite para sair há uns 50 anos. E então, mais uma vez, passado o calor forte, as pessoas regressaram, a praia voltou a ficar coberta com os corpos de muita gente que tirava férias custasse o que custasse à sua função na sociedade. E havia, espalhado nessa praia, um quociente de inteligência inferior ao que haveria se essas pessoas fossem, por exemplo, caldeus, vikings, judeus, xiitas, manchus na adoração de seus deuses ou de seus mortos há 10 mil anos. E disso eu

tenho certeza, e disso eu sei. Que deste lado da praia
são todos ricos porque são dotados da inteligência atualmente em curso, a única que alimenta o seu sujeito,
a da estupidez positiva, confiável, não dotada de pensamento, mas de uma lógica irreprimível e que exclui
do seu trajeto cada vez mais estreito tudo o que não diz
respeito à sua própria causalidade, disso eu sei. Assim
são essas pessoas, que são superiores e que têm superiores e que assinam as suas cartas: queira aceitar, senhor
superior, a expressão dos meus sentimentos mais atrofiados. São os bilionários do lugar. Não são mais do
que eles próprios, nada além de si próprios, incapazes
de sequer conceber que fizeram o que não valia a pena
fazer, as cabeças que buscam mísseis, os cartões bancários internacionais e os moedores de café. A grande
disponibilidade do homem face à sua criação foi abandonada. Sim. Desse modo, ontem à noite, os membros
do júri de Moscou ainda demoraram muito a admitir
para si mesmos que a jovem ginasta russa e a alemã
eram perfeitas, mas que isso não era suficiente e que
não era o caso de punir aquela pequenina romena, aquela
Nadia Comăneci, se a indizibilidade da sua graça não
se enquadrava nos critérios desportivos do regime. E
as noites foram quentes, e os dias, e as criancinhas das
colônias de férias fizeram a sesta sob as tendas azuis e

brancas. E a criança calada tinha os olhos fechados e nada a distinguia das outras crianças, tinha essa gravidade, essa atenção que parecemos dar a um pensamento secreto quando dormimos. A jovem monitora se aproximou do menino. E ele abriu os olhos. Você estava dormindo? Ele reflete, ainda com esse sorriso de desculpas, não responde. Você não sabe quando está dormindo? Ele reflete de novo, sorri de novo, ainda com esse medo de desagradar, diz que não sabe ao certo. Quantos anos você tem? Ele tem seis anos e meio. A monitora olha para ele atentamente e também lhe sorri: somos obrigados a contar histórias para as crianças, você entende? Ele faz que sim. A monitora continua olhando para ele, seus lábios tremem. Posso te dar um beijo? Ele sorri, sim, pode. Ela o pega nos braços e beija com muita intensidade seus cabelos, respirando com todas as forças o perfume do corpo da criança. Ela soluça, solta seus braços da criança, espera que a emoção a deixe, e a criança espera com ela que essa emoção cesse. Pronto, ela retirou seus braços e seus lábios do corpo do menino. Há lágrimas em seus olhos, o menino vê, então ele fala, mas não dessa dor, diz que sente falta dos dias em que havia tempestade, ondas fortes, chuva.

04

O verão está aí, indubitável. Faz calor. Há tempestades que passam e explodem sobre o Canal da Mancha quase todos os dias, mas depois dessas tempestades o sol é escaldante. Não dissipa a tristeza da praia. Nada pode fazê-lo, a este ponto. O verão chegou tarde demais. Anwar Sadat enterrou o imperador do Irã com pompa igual àquela a que teria direito se estivesse em plena glória, reinante e puro. Isso porque durante a guerra de 73 esse mesmo imperador prestara um serviço ao povo egípcio. Sadat tinha dito: nunca esquecerei. Não esqueceu. Sadat conduziu sozinho o luto pelo xá do Irã no cenário mundial. Ao lado dele estava o "bandido" Nixon. Troco facilmente Watergate, uma fraude eleitoral a mais ou a menos, por esse gesto de ir ao Cairo. Ele foi até lá pois, uma vez que nos bons tempos a América havia ido a Persépolis, nos dias sombrios também devia ir ao Cairo. Não havia dúvida possível, era preciso ir ao Cairo como haviam ido a Persépolis quando já conheciam os crimes do imperador. Essa falta de lealdade é muito mais grave para Carter do que ter sido comprometido por seu irmão, e muito mais grave para Giscard d'Estaing do que os presentes de Bokassa ou o tráfico na bolsa. De Gaulle teria ido ao Cairo. Deve ser muito raro se tornar um só com a sua função, ousar, ser o mesmo indivíduo diante do Estado e diante da sua vida. Sadat é provavelmente o único no mundo. Sim, o calor está aí, à noite, de dia, menos opressivo à noite. Casais passam sob os postes de luz do caminho de tábuas, a praia é muito clara nos halos dos postes, quase branca, a claridade da noite é quase tão intensa quanto onde nasci, e para os lados do Havre os embarcadouros vazios ainda são os caminhos alfandegários dos postos fronteiriços do Sião. A cidade inteira está aberta ao calor. Não há vento algum, nem mesmo na beira do mar. Que está baixo, distante, adivinhamos a extensão opaca da areia, mal ouvimos o ofegar das ondas, que tombam no silêncio de quando em quando, sua respiração. Eu olho. E enquanto olho, a praia me leva à leitura ardente de um livro passado. Essa leitura se encerra, é uma ferida dolorosa ainda, quase insuportável. Sempre essa linha reta de petroleiros no eixo de Antifer. Entre eles e nós está a baía do Sena, há muitos barcos de pesca, ouvimos o barulho dos motores e o da água agitada, as risadas e os gritos dos pescadores do Ganges. Os casais vêm e vão, todos olham para o mar, para essa zona movimentada da baía. Às vezes deixam o caminho de tábuas, vão em direção à areia da maré baixa, nós os perdemos de vista, o caminho de tábuas permanece nítido sob a luz. Mais uma vez, o livro, essa queimadura que é a leitura do livro, vejo as páginas e vejo também o quarto descrito, a primavera fria, as janelas abertas para um parque, uma avenida, as sombras escorregadias do anoitecer, azuis, que entram no quarto, e vejo que eles se olham infinitamente sem conseguir tirar os olhos um do outro, sem um gesto, embora nunca tenham se tocado, sem uma palavra, embora nunca tenham dito um ao outro que se amavam, vejo que estão trancados há meses nessa casa em Viena após a morte do pai, vejo que são irmão e irmã, que seu modo de andar, que seus olhos são os mesmos, seus corpos, que tomam cuidado na cidade para que ninguém adivinhe, e vejo que nada vai acontecer, jamais, nada, para que esse amor possa finalmente morrer. O livro não está terminado. O fim não foi escrito, nunca foi encontrado. Nunca teria sido encontrado. O fim mortal do livro não existia, não existe. O suplício não tem fim. O fim está em todas as páginas do livro. O autor está morto. O livro está aqui, de súbito, num isolamento assustador, eternizado na brutalidade da sua interrupção. Depois se fecha. No caminho de tábuas, comprida e sombria, tão magra que mais parece uma sombra, passa a jovem monitora da praia. Está com o menino. Ele caminha um pouco para o lado, andam devagar, ela conversa com ele, diz que o ama, que ama uma criança. Diz que ele deve ouvir o que ela diz como uma história que não se dirigisse a ele, ou para ouvi-la como quiser, diz sua idade, 18 anos, e seu nome. Ele repete seu nome. Ele é pequenino, magro, eles também têm o mesmo corpo, o mesmo modo de andar um pouco letárgico, vagaroso. Ela parou sob o poste de luz, pegou o rosto dele na mão e o ergueu em direção à luz, para ver seus olhos, disse, olhos incomensuravelmente cinzentos. Solta o rosto, fala com ele de novo, diz que ele vai se lembrar por toda a vida desta noite de verão e dela. Diz-lhe que quando ele completar 18 anos, se por acaso se lembrar da data e da hora do dia 30 de julho, meia-noite, poderá vir, ela estará ali. Diz para olhar com atenção esta noite, as estrelas, o mar, a cidade ali adiante, todos esses barcos de pesca, esses ruídos, ouça, que é o verão dos seus seis anos. E caminham em direção ao mar, até desaparecerem na areia, até o terror. Até voltarem pelas quadras de tênis. Ela o carrega nos ombros. Canta. Ele se deitou sobre o corpo da garota e adormeceu. Deixam o caminho de tábuas e desaparecem nas colinas. Depois que vão embora, a noite cai por completo. E o dia vem bem cedo se apossar do sono. Está claro, cristalino, foi durante a noite que choveu. Os Jogos Olímpicos terminam como um baile de máscaras sangrento, o grande desfile final, Interville – Broadway, menos as majorettes; exibem uma riqueza inesgotável de carne humana. As imagens vivas do encerramento dos Jogos Olímpicos lembram os conjuntos mussolinianos e hitleristas das Olimpíadas de Munique em 1936, a massa humana já é a do número de mortos da guerra, dos gulags. Dentro de alguns anos compreenderemos que vivemos, em agosto de 80, a Munique de setembro de 38. Os Jogos de Moscou consagraram a transferência do Afeganistão para os soviéticos, assim como o encontro de Munique forçou os tchecos a cederem a região dos Sudetos a Hitler. Da mesma forma, a semelhança é decididamente atroz, ela consagrava o Anschluss de março de 38 e o assassinato de Schuschnigg. É também o aval dos Jogos Olímpicos, dessa ocupação do espaço televisivo pelos Jogos Olímpicos, que acaba de permitir à Rússia soviética, ao fazer grande barulho sobre o fato de ela retirar suas tropas e seus tanques da Alemanha Oriental, que ela envie outros mais numerosos e mais modernos, mil novos tanques do tipo atual, não só à Alemanha Oriental, mas à Polônia e à Tchecoslováquia. Não podemos deixar de pensar que há, por parte da Europa, uma espécie de aquiescência à solução criminosa da história, uma forma de conclusão. Porque não são os funcionários do governo que vão incomodar os soviéticos se eles chegarem amanhã a Paris, pelo contrário, constituem, bem supervisionados, uma boa base de funcionários públicos, uma economia de funcionários públicos. Lacaios. Lembrem-se da Alemanha nazista. Para nossos governantes e seu melhor cúmplice, o Partido Comunista Francês, o fim do mundo é a bomba atômica. Para nós, não é a bomba atômica. Para nós, é o reinado próspero e definitivo da Rússia soviética no continente europeu. Para eles, isso é muito menos grave do que morrer. Para nós, não. Será que não deveríamos dizer isso a eles, dizer que não pensamos dessa maneira? Então, diz a jovem monitora, eis a ilha equatorial. Ratekétaboum deixa David numa praia da ilha. Você está na ilha da fonte, diz ele. Obrigado, diz David. Ah, céus, diz o tubarão, céus, estou com fome de novo, ele olha avidamente para David, diz que ao vê-lo tão fresco, tão bem alimentado, céus. Diz que seria até mesmo capaz de, sim, é isso o que quer dizer, que sua existência é terrível, uma calamidade, que ele come seu próprio peso em alimento por dia, que não tem vida suficiente para se manter vivo, que acaba engolindo os próprios amigos sem perceber e assim por diante, fala sem que David consiga fazer nada para acalmá-lo, então David diz a si mesmo que o tubarão está caindo numa depressão profunda, e que é melhor deixá-lo cair nela por completo, então se afasta e toca uma gaitinha que encontrou no bolso, mas eis que o tubarão, ao ouvi-lo, chora ainda mais, porque a música fala de uma mulher muito bonita e adorável, mas que tem um noivo que por azar saiu para o mar, e ele começa a falar muito alto, muito intensamente, numa velocidade anormal e numa língua incompreensível, de grunhidos e mais nada, de exclamações incríveis, dentes batendo e choro, então no final David lhe diz para se acalmar, que não entende o que ele está dizendo, então o tubarão se acalma de imediato, pede desculpas por ter se deixado levar pelo desespero, mas que é a última vez, em seguida diz que na verdade, em resumo, o que disse era tudo o que tinha a dizer, nem mais uma palavra, e é isso, sem dizer em absoluto o que disse, e então diz que entendeu, não sabemos o quê, e que vai partir para a Guatemala, um pouco de mar quente no inverno faz bem para bronquite crônica e pronto, isso é tudo. David pergunta ao tubarão se a cabeça dele não está um pouco perturbada e o tubarão diz que sim, um pouquinho, que agradece mas que não é nada sério, então eles se separam, desejam um ao outro uma boa estadia e uma boa viagem. Em seguida, David sobe no alto de um coqueiro, pendura sua roupa de banho vermelha num galho para sinalizar aos barcos que há uma criança ali. E então se deita, dá-se conta de que se tornou uma criança perdida no meio do oceano, de que é uma nova vida que começa, e adormece em sua nova perdição, acorda, olha ao redor, adormece de novo, acorda de novo, e por muito tempo assim, idas e vindas. A jovem monitora narra longamente a perdição de David na ilha, desvia seus olhos das crianças e começa a contar algo um pouco à parte da história de David, diz que David tem olhos cinzentos, que ele não fala, que seu cabelo tem o cheiro do ar depois de ter varrido o mar. Diz que David ia crescer e que isso era algo que dava a ela vontade de morrer. A criança calada está sentada ao seu lado. Não se olham. As crianças estão tão tranquilas e felizes com essa jovem monitora que ouvem tudo o que diz, até mesmo sobre a perdição de David. Sim, então David dorme, acorda, dorme, acorda de novo, e então uma noite, um dia, no anoitecer de um dia, algo acontece com David. Naquela noite, o céu tem de um lado a cor da tempestade e do ouro, do outro lado a cor dos olhos de David, e o mar é da cor da noite espessa, negro profundo, sabem? Sim, eles veem perfeitamente essa noite que ela descreve. Mas a jovem monitora se deita na areia e diz que está com sono. Então as crianças gritam, batem nela, chamam-na de malvada e ela ri. Vamos, ou você conta ou te matamos. E ela ri e adormece rindo e todos vão se banhar no mar.

05

O mar está alto, parado, sua superfície está lisa, perfeita, uma seda sob o céu pesado e cinzento. Faz alguns dias que as tempestades se distanciam e fogem na direção do mar. Não é aqui que vai chover hoje, mas em alto--mar. Dez da manhã. Aqui fará bom tempo. Já sabemos disso por causa desse vento leve que sopra da terra, dessa claridade sem sombras que se espalha em grandes extensões desiguais sobre o mar, e dessa luz por vezes amarela que colore a areia, a cidade. Ao longe, a cadeia negra de Antifer. Esta manhã também há um grande cargueiro branco. A fome se abateu mais uma vez sobre a África, desta vez sobre Uganda. A televisão mostrou Imagens de Uganda. A televisão sempre mostra com muita fidelidade imagens da fome. Equipes saem e vão fotografá-la, assim a vemos em ação. Acho que é melhor ver do que ouvir dizer. Então olhamos para Uganda, olhamos para nós mesmos em Uganda, olhamos para nós mesmos na fome. Claro que estes aqui já estão muito distantes na viagem da fome, mas ainda os reconhecemos, temos a experiência dessa realidade, vimos o Vietnã, os campos nazistas, assisti a tudo no meu quarto em Paris durante 17 dias de agonia. Estes, desta vez, estão ainda mais à frente do que os outros na última viagem da terra rumo à sua esterilidade definitiva, esse apagamento gradual da película de vida que a recobre. Sabemos que começará com a rarefação das águas, depois a das plantas, dos animais, e em seguida terminará por completo com uma suave e terna desesperança de toda a humanidade restante, a que chamo felicidade. Estes aqui já se parecem. Aqui o corpo tem a espessura de uma tábua, de uma mão. O choro desapareceu. O medo desapareceu. O riso. O desespero do pensamento. Nós os observamos com paixão. Somos nós, esta última aparência do homem, seu último estado. Nada mais são do que conhecimento e escuta daquilo que se passa dentro deles, como se ainda estivessem na infância, na infância da morte, sem voz. Tal como a criança que observa, eles morrem. A maioria ainda caminha, muito devagar, é claro, mas consegue deslocar o corpo até os pontos de distribuição do mingau vitaminado e das fontes. Eles conseguem parar na sombra, alguns logram fazê-lo. Faz aqui os fatídicos 40 graus das zonas da fome. Não se vê mais o vínculo familiar. As mulheres ainda seguram os bebês nos braços, mas as crianças que andam são independentes. Como os deportados, parecem-se, são de uma surpreendente similitude. No saco de pele o mesmo esqueleto, as mesmas mãos, o mesmo rosto, nada além desse último resíduo na sua abstração mais avançada, a vida. Não há mais crianças, não há mais velhos, não há mais idade, o olhar é o mesmo, privado de objeto, pousa na câmera como no chão. São os homens de barro, os dos primeiros desertos, os dos últimos desertos. O círculo se fecha. Não diversificados, sem qualquer particularidade, estão aglomerados uns rentes aos outros, os dos Terraços da Lorena, os dos anos secos de Lascaux, talvez também os de Golã, os das margens do Tiberíades, os que esperam juntos as chuvas férteis, o retorno dos rebanhos de cervos, o maná dos Deuses. Estão nus. Sua única posse é essa tigela, lata de conserva ou pedaço de recipiente capaz de conter mingau líquido, água. Não penso nada diante de Uganda. De regresso dos campos de concentração, também não pensava nada. Se penso alguma coisa, ignoro o quê, sou incapaz de enunciá-la. Vejo. Fujo daquelas pessoas que, depois de ficarem sabendo dessas coisas ou de vê-las, já sabem pensar, e o quê, e o que dizer, e a que conclusão chegar. É preciso ter cuidado com essas pessoas porque elas querem acima de tudo se livrar desse conhecimento, distanciá-lo de si mesmas passando à sua resolução imediata, é preciso fugir dessas pessoas que falam de remédios e de causas, que falam da música na música, que, enquanto alguém toca uma Suíte para violoncelo, falam de Bach, que, enquanto alguém fala de Deus, falam de religião. Permanece a criança. Está ali. Uma noite se passou no tempo cinzento e mutável. Esta manhã o céu está laqueado de azul, o sol ainda está atrás das colinas. No caminho de tábuas, a criança passou. Ainda não havia quase ninguém na praia, algumas pessoas que passeavam, elas se voltam para o menino que caminha. Enquanto caminha, ele brinca com uma bola de gude, que joga e pega de volta. Eu o observo até ele desaparecer perto do bar da praia. Depois fecho os olhos para reencontrar em mim a imensidão do olhar cinzento. Reencontro-o. É um olhar que deixa passar aquilo que fita e todas as vezes se perde. Já podemos ouvir o resto da colônia de férias descendo pelas encostas da colina. Ao descerem, cantam sempre a mesma canção, ninguém consegue entender uma palavra. A jovem monitora para no caminho de tábuas e observa o menino regressar. Junta-se a ele. Ele lhe dá o cartão-postal que acabou de comprar no mercado e ela o guarda em sua bolsa de praia. Não se dizem nada. Toda a colônia de férias se banha. No mar, assim como no sono, não distingo o menino das outras crianças. Vejo-o quando ela vai até ele. Carrega-o nos ombros e avançam mar adentro como se fossem morrer juntos, longe. Em seguida, ao regressarem, ela o faz nadar perto de si, devagar. Ei-los. Saem do mar. Ele tem o corpo de um ugandense branco. É ela quem enxuga o corpo dele. Depois o deixa. Volta para o mar. Ele olha para ela. O sol agora já saiu das colinas e inunda a praia, o mar, o menino. Ela continua andando, longe, na maré baixa é preciso andar muito para chegar ao mar profundo. Chegou até lá. Então entra na água, vira-se, manda um beijo na direção do menino e depois se vai rumo ao alto-mar, a cabeça baixa dentro d'água. Ele continua olhando-a, imóvel. É possível segui-la com os olhos na superfície plana. Ao seu redor o mar é esquecido pelo vento, abandonado por seu próprio poder, tem a graça de alguém profundamente adormecido. A criança se deitou. E eis que mais uma vez o céu fica ligeiramente nublado, as nuvens ainda passam. O hábito vem desse céu inconstante, dessa rota dos ventos que leva as chuvas e os loess às costas da China. Em torno da criança gira o mundo, hoje inteiramente contido nos seus olhos. A jovem regressou, seu corpo está agora deitado ao lado do da criança. Os dois ficam em silêncio, de olhos fechados, por um longo tempo. Do outro lado do mundo, o mar, este mar, levado por um vento de 250 quilômetros por hora, libera a cada quatro segundos a força da bomba de Hiroshima. Lá se chama ciclone Allen. Nenhuma invenção humana jamais será capaz de lhe reduzir a força à sua mercê ou mesmo de suavizá-la. Aprendemos que, de resto, isso não é necessário, que ela faz bem à vida dos oceanos, à da terra, ao regime de suas chuvas, de suas correntes, à aeração de suas águas, que garante a regulação de suas energias, de suas estações, de seus climas. Diante de Allen, face a ele, esses corpos à minha frente, a jovem e a criança. Bolonha, sim. Bolonha, acho que não há nada a dizer. Seja o atentado de esquerda ou de direita, isso me é totalmente indiferente. Um amigo me escreve que "os extremistas de esquerda atacam categorias minoritárias de indivíduos, e o que os fascistas sonham incessantemente em punir, sobretudo se for livre e lúcido, não é nada menos do que o povo". É possível. Para mim é indiferente. Vejo que são as mesmas pessoas que cometem esses crimes, que de início todas têm paralelamente esse gosto profundo, inalterável, por matar. Que é depois da satisfação dessa paixão de matar que fazem a discriminação acima referida, e isso pelo gosto da aparência, que escolhem siglas, nomes comerciais de comerciantes corruptos encontrados nas velhas revistas em quadrinhos. Seria preciso, é claro, que a polícia fosse examinar o interior do seu próprio corpo para ver quais são as verdadeiras cauções, que também fosse examinar essas políticas de bastidores aparentemente insuspeitáveis, em que o dinheiro é dado às redes criminosas para o aluguel de apartamentos, os carros de luxo, as armas, os subornos, o champanhe depois da mostra de Bolonha. Mas isso, como sabemos, a polícia jamais fará, jamais. Portanto, não se devem dar ouvidos aos estadistas, não se devem ler os jornais quando eles explicam os mecanismos terroristas em toda sua diversidade. É perda de tempo. No Irã matam até ficarem entediados. O Irã está entediando o mundo inteiro. Resta a criança. Naquela noite, diz a jovem monitora. David ouve algo na ilha. Não é uma árvore quebrando nem uma pedra caindo, é um barulho vivo. É na ilha. David procura, é um barulho que conhece, mas ele esqueceu a palavra, e a jovem monitora diz que também esqueceu, olha para o menino, que a pronuncia com um leve crispar dos olhos. Diz: é chorar. Sim. Era essa a palavra. Alguém chora na ilha, mas sem pedir nada, sem gritar, sem raiva, talvez sem saber que está chorando, ao dormir, talvez, como se respira. David procura quem é. Vira-se. Vê uma coisa muito maravilhosa entre as árvores, deitada, estendida sobre a encosta da colina, na luz dourada, toda a companhia reunida de todos os animais da ilha.

É uma grande mancha alaranjada, branca, preta, perfurada pelos diamantes dos olhos que fitam David. Têm o mesmo olhar suave e assustado de David. Estou perdido, grita David, sou uma criança, não tenham medo de mim. O medo desaparece dos olhos deles. Quem está chorando? David pergunta. A fonte, dizem os animais. Todas as noites, ao pôr do sol, a fonte chora. Essa fonte vem da Guatemala, atravessa muitos oceanos para vir, 22 países dessas terras no fundo dos mares, é muito antiga, tem 700 milhões de anos, deseja a morte. Calam-se. Parece que ela está escutando, diz David. Ela escuta, dizem os animais. Ela não pensa o tempo todo em morrer, dizem os animais, às vezes esquece. Calam-se de novo. Alguém chama. É ela, dizem os animais. A fonte pergunta quem está ali na ilha, diz que há algum tempo alguém está andando por ali, um animal que ela não reconhece. É uma criança, respondem os animais. Um filhote de homem? Isso. A fonte se cala. Depois continua: essa criança tem mãos? A criança mostra as mãos aos animais, que respondem que sim. Vêm todos até a criança e olham para suas mãos. David mostra como faz uso delas, pega uma pedra, joga para o alto, pega de volta, toca a gaita. Os animais contam à fonte o que veem. Ele sabe matar? pergunta a fonte. David diz que não. Um longo momento se passa e, enquanto o sol afunda no mar e uma grande calma toma conta de tudo, ouve-se um enorme fragor d'água. Ela vem da bacia atlântica, dizem os animais, ei-la. A fonte sai da colina. É uma gigante, uma montanha de água, é vítrea como uma massa de esmeralda. Não tem braços nem rosto. É cega. Anda muito devagar para não desunir toda a água que carrega consigo, presa ao seu corpo. Chora. Procura as mãos de David. Os animais se aproximam dela e a protegem de David. Um último lume do pôr do sol entra em seus olhos mortos. E depois a noite cai por completo. David, David. Ela procura David para morrer. Da montanha de água sai a luz que ilumina a colina. Ela chora. Chama a morte. David. David. Ela é como uma onda lenta saindo do mar. David, David. David pega sua gaitinha e toca uma dança muito antiga da Guatemala. A fonte para de se mover, a princípio estupefata, e depois, aos poucos, com infinita lentidão, move-se. E eis que dança e começa a esquecer a morte. Até o amanhecer ela dançava, diz a jovem, e quando o dia chegava e penetrava em seus olhos mortos, os animais da ilha levavam-na de volta para a sua cama, a gruta escura da bacia atlântica. A jovem monitora se cala. As crianças se afastam. Ela chora. A criança se deita ao seu lado e se cala.

06

Em primeiro lugar, aparentemente nada de novo aconteceu esses dias, nada a não ser a passagem do tempo, os assassinatos, e a fome, e o Irã, o Afeganistão, e em seguida um novo evento emerge pouco a pouco da sucessão dos dias, tem lugar bem longe de nós, muito longe, na Polônia, é a greve calma dos trabalhadores do estaleiro naval de Gdansk. Conhecemos os números, passaram de 17 mil para 30 mil, e sabemos que tudo começou há sete semanas. É só o que sabemos. Aqui, bem perto de mim, em ambos os lados do Touques, neste 15 de agosto, a população deve estar perto de 1 milhão. No auge da temporada das quadras de tênis e das cabines de banho, dever ter a densidade de Calcutá. Sempre esse clima perfeito, esse mar liso, de um azul suave nos lugares mais escuros. Uma tempestade desfoca a cor e as linhas tão claras, mas passa depressa e mais uma vez o azul está lá, a banalidade milenar do mar. Quando o mar dormia assim sob o céu vazio, antes, os homens ficavam com medo. Naquele momento, o infinito do mundo estava ao alcance da mão, nos animais, nas florestas, na própria terra, então infinita, no mar. Nada disso tinha ainda uma forma decidida, parecia óbvio que jamais viria a ter, e os homens já pressentiam que o mundo era velho. Que o sono do mar era um sinal disso. Como também era um sinal o próprio sonho deles. O presente deve ter sido sempre vivido desse modo pelos homens, como sendo o momento óbvio do fim dos tempos. A tragédia está aqui, aqui onde estamos – o medo, ninguém o conhece antes de nós. A opacidade do futuro sempre perturbou nossa cabeça frágil e dolorosa, esse fracasso pungente da ordem divina. É essa opacidade do amanhã que levou o homem na direção dos Deuses e que ainda o leva de corpo e bens ao culto dessa instância do Estado. Sem o seu medo, o homem iria sozinho e sem ajuda ao encontro do incognoscível em sua vida. Mas será que esse homem existiu uma vez que fosse, por um dia que fosse? Não. Todas as civilizações atribuíram a si o privilégio de conhecer essa opacidade fundamental. E todas abusaram dele. O Estado é a instituição desse abuso. Vemos a história como vemos nossa infância, nossos pais, sem outra finalidade além do nosso advento. Para nós, que estamos vivos, sua duração sempre foi ilusória, só teve sentido por nossa causa, no que diz respeito a nós, ao nosso corpo, à finalidade absoluta que somos aos nossos próprios olhos. O judaísmo deveria ser o único a vivenciar a História como um tempo sem devir, sem planejamento, sem sair do lugar, sem ilusão de progresso, de eterno, de sentido. Perto de mim, essa praia lotada, essa revolução solar no círculo do céu. E também a criança. Gdansk me faz tremer como a criança me faz tremer. A criança passou. Em seguida, a colônia de férias. A jovem não estava no grupo das monitoras. Chegou mais tarde, trazia o pão do almoço. A colônia de férias se perdeu em meio à multidão na praia. À medida que a manhã avança, o tempo se torna nítido e brilhante como sílex. No eixo de Antifer, 21 barcos aguardam os sete metros de água da maré alta. A cidade está inacessível desde ontem à noite. Impossível penetrar. Está totalmente coberta de carros que circulam à procura de estacionamento perto da praia. Não há mais estacionamento. É preciso ficar meia hora na fila para comprar uma fatia de presunto. Todas as lojas estão abertas. Não há mais horário de funcionamento, os restaurantes servem refeições o dia todo. O dia 15 de agosto, aqui, é também essa celebração, a do domingo, suprimida e substituída pela celebração de todos os dias. Esses carros circulando a 40 por hora, cheios de crianças, sacos de dormir no teto, sacolas de comida misturadas às crianças, eles acabam deixando o carro ali mesmo onde estão, vamos, vamos, correm para a praia. A polícia grita pelos alto-falantes as placas dos carros que bloqueiam as estradas para Paris, Caen, Honfleur. Não saio, não leio, não faço nada além de ver o dia passar, de dormir, de não poder trabalhar. Sei que o telefone já não funciona em Gdansk, que já não é possível ir até lá, que as Linhas Aéreas Polonesas respondem lotado aos que solicitam passagens. A colônia de férias foi embora com o sol a pino, sem cantar. Hoje estão obedientes, como se tivessem sido expulsos da praia, intimidados. Seus dias mais felizes eram os dias escuros e vastos de chuva. Depois de passada a colônia de férias, a jovem e a criança chegam, bem atrás, sempre muito devagar. Ela tem a mão em torno do pescoço do menino, conversa com ele. Ele caminha com a cabeça ligeiramente levantada em direção a ela, escuta-a com atenção, às vezes sorri. Ela lhe fala das visitas do tubarão Ratekétaboum a David, que uma vez ele chega com sotaque americano, outra vez com sotaque espanhol, outra vez com sotaque de coisa nenhuma, um sotaque com espirros, nariz sendo assoado, rugido, e é preciso aguentá-lo porque aguentamos tudo, aguentamos tudo, ele ri sem motivo aparente, diz qualquer coisa de qualquer jeito, na ordem e na desordem, nada faz sentido, uma vez diz que viu uma menininha que chorava porque tinha perdido a bola no mar, e ele chora, outra vez é uma guerra, e ele ri, outra vez ele não viu nada e se contorce de tanto rir, outra vez chega com um boné esportivo que encontrou nos esgotos de Nova York quando ia ouvir rock sabe-se lá onde. Então por fim David pergunta se todos os tubarões são como ele, tão originais quanto ele, Ratekétaboum, mas ele não entende a palavra originais, começa a gritar para David que não entende como ele, David, não entende que um tubarão não entenda todas as palavras, e começa a gritar de novo, cada vez mais alto, cada vez mais depressa, e senhor, pensei ter lhe dito que eu era só um pobre tubarão, por favor, fale comigo de forma mais simples, e além disso está tudo acabado entre eles etc. Então David vai embora. Então Ratekétaboum logo se acalma e lhe pede que volte. Eis as visitas desse tubarão. Isso e, além do mais, querer comer David toda vez e chorar e etc. É isso. E o tempo passa, diz a jovem, e David cresce. O menino aguarda, a jovem não conta mais nada, então ele pergunta se a fonte ainda dança à tardinha. Sim, diz ela, todas as tardes até o anoitecer, e nem sempre a polca da Guatemala, às vezes um tango argentino de Carlos d'Alessio. O menino mais uma vez faz um esforço, sempre essa dificuldade para falar, para intervir, pergunta quanto tempo David ficou na ilha.

A jovem diz que ele ficou lá por dois anos. Aguarda. O menino não pergunta mais nada. Ela então pergunta se ele quer saber o final da história. Ele faz que não com a cabeça, não quer. Ficam em silêncio por um longo tempo. Andam como estranhos pela cidade, sozinhos. A jovem faz mais uma pergunta ao menino, pergunta o que teria preferido que David fizesse, que matasse a fonte ou a deixasse viva. O menino se detém e olha para ela, que por sua vez parou na frente dele. Ele não havia se perguntado isso, agora se pergunta. A resposta demora a chegar, ele hesita, seus olhos procuram os da jovem, e então ele fala: que ele mate a fonte. Seus olhos permanecem fixos nos dela, talvez ele esteja esperando que ela diga alguma coisa, mas não, ela desvia os olhos dos seus. Permanecem em silêncio por um longo tempo. Então o menino pergunta uma última vez: e você? Ela diz que não sabe. Ele se aninhou junto a ela e os dois caminham em silêncio até alcançarem a escadaria das Roches Noires. Desaparecem atrás das colinas. Do outro lado da janela chegou a noite, muito escura. A televisão está ligada. Vi as notícias sentindo repulsa, deixei-a ligada. Ouço o tom ofegante e alvoroçado dos jornalistas do *Jeux sans frontières*, como se estivessem apavorados por não fazerem rir o suficiente, é difícil de suportar mas deixo a televisão ligada até o fim. Todo o programa passou, não vi uma única imagem. Isso me acontece com bastante frequência. Saí de Trouville ontem à tarde, estou no campo, não faço nada. Um editor do *Libération* me telefona para perguntar onde estou, digo que não fiz nada porque estou ansiosa devido a Gdansk. Ele me diz para escrever mesmo assim, ainda que seja isso, ou seja, que não consigo escrever por causa de Gdansk. Digo que vou tentar. Fico muito tempo diante das páginas em branco e depois fecho a casa, subo para o meu quarto e estou novamente diante das páginas em branco da greve de Gdansk. Todos podem ver Uganda. Gdansk não, quase ninguém tem como ver o que é Gdansk. De repente, a verdade vem à tona: quase ninguém ainda é capaz de sentir a felicidade do que está acontecendo em Gdansk. Estou sozinha, e nessa felicidade. Estou numa solidão que reconheço, que reconhecemos entre todas, sem qualquer recurso agora, irremediável, a solidão política. É essa felicidade que não posso contar a ninguém aquela que me impede de escrever. Era isso. Tento telefonar para velhos amigos, não encontro ninguém, não há ninguém em lugar algum. As pessoas já não sabem ver a felicidade que é Gdansk porque ela é de natureza revolucionária e o pensamento revolucionário abandonou as pessoas. Telefono para Informações e pergunto o nome exato da companhia aérea polonesa.

Um jovem responde quase imediatamente: Linhas Aéreas Polonesas, me dá o endereço e o número de telefone. Diz: a senhora não vai conseguir um assento nos aviões para Gdansk, eles não querem que a gente vá até lá ver. Conversamos por alguns minutos. Ele é a favor da greve, mas acha que ela vai fracassar. Digo que provavelmente vai fracassar, sim, que as exigências são enormes, por fim falo de Gdansk com alguém, tão enormes, ele sabe quais são? Não muito bem. É uma da manhã, ele também sente vontade de conversar. Digo: eles querem tudo, não vão ceder em nenhum ponto, querem coisas que em nenhum lugar lhes seriam concedidas, mesmo nos países mais ricos. Ele me pergunta: mas quem é a senhora, uma jornalista? Digo que não, nada, que queria falar sobre Gdansk com alguém. Ah, era isso. Digo sim. Ele diz que acontece com frequência, à noite, pessoas que querem conversar, mas em geral não sobre política, sobre suas vidas. Digo que às vezes é a mesma coisa. Ele me pergunta se temo por Gdansk. Hesito e digo que não, não digo que o sucesso ou o fracasso da greve de Gdansk me seja indiferente. Digo que estou feliz que tenha acontecido, e ele? Ele diz que não está suficientemente a par, não sabe. Começo a escrever o texto para o *Libération*.

07

Há um ano eu te enviava as cartas de Aurélia Steiner. Aqui te escrevi de Melbourne, de Vancouver, de Paris. Daqui, acima do mar, deste quarto que agora se parece com você. Esta noite volto a te ver, você que eu não conhecia, sem dúvida por causa das notícias da Polônia e da fome que me deixam, sim, você vê, que me deixam abandonada à minha própria sorte. Este quarto poderia ter sido o lugar onde nos teríamos amado, então ele é este lugar, o do nosso amor. Eu me devia contar-te pelo menos uma vez, sobre você e eu não posso estar errada. Eu te mandei cartas de Aurélia Steiner, dela, escritas por mim, e você me telefonou para falar do amor que tinha por ela, Aurélia. Depois escrevi outras cartas para te ouvir falar dela, de mim que a escondo e que a entrego a você como teria feito comigo mesma na loucura assassina que nos uniria. Eu te dei Aurélia. Dirigi-me a você naqueles momentos para que sentisse o peso de Aurélia nascente, para que estivesse ali entre mim e ela naquele momento, isso de modo a ser quase que sua própria causa, entende – como, da mesma forma, você poderia ter sido a própria causa de eu não ter escrito nada a esse respeito se por exemplo nos tivéssemos amado, e tanto que essas palavras de Aurélia não teriam vindo à luz, mas apenas as nossas, essas dos nossos nomes. Portanto, você é ao mesmo tempo a causa da existência e da inexistência de Aurélia Steiner em mim. Te dou mais esta noite, sem nome, sem forma. Do mesmo modo, te dou Gdansk. Assim como te dei os continentes judeus, Aurélia, assim como teria dado a você meu próprio corpo, te dou Gdansk. Tal como Aurélia, não posso ficar com Gdansk só para mim, assim como escrevo Aurélia escrevo as palavras de Gdansk, e assim como Aurélia devo endereçar a você Gdansk ao sair de mim. Ei-la entre nós, contida entre nossos corpos. Olhe para ela. É radiante como o desejo, emerge da densidão das trevas, é nossa. Veja esta dilaceração do espírito face à morte generalizada do proletariado, ao seu assassinato, como ela está perto de nós, como sempre esteve perto, tanto quanto a própria vida. Todos estão tristes por causa de Gdansk, menos nós. A dor que foi a nossa, ei-la aqui, uma iluminação completamente nova sobre a situação política. É como um farol que iluminaria o grande lixo nauseabundo do socialismo europeu. Que os outros se calem. Gdansk somos nós. E é o real. E esta fé em Deus junta-se a esse real, esta prática proibida de Deus é precisamente esse real, sendo o irreal a teoria deles proibindo esta assim chamada irrealidade de Deus. A tristeza dos estados-maiores é inevitável. Porque, veja bem, só se pode experimentar a felicidade de Gdansk num único lugar, naquele que não está contaminado pelo poder. É impossível experimentar essa felicidade se tivermos nem que seja uma única partícula de poder para gerir, para preservar. Gdansk, era a nós que eles queriam matar, é o bem de todos e ao mesmo tempo, no mais alto grau, o de cada um. Eu te vejo, rimos. Hoje o vento chegou com a noite, sem rajadas, sabe, regular, frio. Afugentou as pessoas, os pássaros, a cor. Eram seis horas da tarde. A luz já se apagava, o mar estava cinzento sob o céu descolorido e vazio, era como se estivesse no trabalho, já estrangeiro, sim, já em ação, fazendo o vento, o frio. O eixo de Antifer desimpedido, o horizonte impecável. E aquele vento repentino que ocupava tudo, e aquele frio. Então as pessoas disseram, as primeiras a ousar: já é o fim do verão. As janelas do hotel se fecharam para o mar e muito cedo se apagaram. O melhor, nesse caso, é dormir, sendo esse caso o da dificuldade de imaginar e da repugnância em saber. Não havia ninguém no caminho de tábuas, só aquele vento, ninguém na praia tampouco. Durante as noites quentes, aqui há muitas neste mês de agosto, sempre havia gente passeando no caminho de tábuas, e na praia os casais iam se perder no espaço assustador do território do mar. Esta noite, não. Da mesma forma, ninguém escrevia no hotel, ninguém na cidade, em lugar algum, exceto eu. As duas máquinas de escrever, sempre as mesmas, durante o verão, não se ouvia mais o barulho delas escapar do hotel. E o vento diminuiu por volta das duas da manhã. Passagens, sempre, como urgências do tempo, e depois desaparecimentos totais, apagamentos. Na varanda vi que o ar tinha voltado a ficar imóvel e o mar adormecera de novo. Pensei que eles não teriam Gdansk, jamais, não importava o que acontecesse depois. Jamais. Nós, sim, é que tínhamos. E só nós. Que eles estavam excluídos. E que a tristeza deles também era feita da suspeita da nossa felicidade. A noite era sonora e encovada pela ausência dos olhares em seu obscuro esplendor. Ouvia-se o que poderia ser seu grão, seus passos. Eu estava lá para isso, para ver o que os outros sempre haveriam de ignorar, esta noite entre as noites, esta como qualquer outra, sombria como a eternidade, em si mesma o invivível do mundo. Pensei na concomitância da criança e do mar, em sua diferença semelhante, transportadora. Disse a mim mesma que sempre escrevíamos sobre o cadáver do mundo e, da mesma forma, sobre o cadáver do amor. Que era nos estados de ausência que a escrita se precipitava, não para substituir algo do que havia sido vivido ou que se supunha tê-lo sido, mas para registrar o deserto assim deixado. A calma da noite seguia o vento, mas não era o vento o que criara essa calma ao recuar, era outra coisa, era também a manhã que chegava. As portas da casa de Aurélia Steiner estão abertas a tudo, aos furacões, a todos os marinheiros dos portos, e no entanto nada acontece neste lugar da casa de Aurélia a não ser este deserto da escrita, apenas o registro incessante desse fato, desse deserto. Falo do luto inteiro dos judeus carregado por ela como seu próprio nome. Aquelas pessoas que falavam de Montaigne na televisão, você as ouviu? Diziam que Montaigne havia abandonado precocemente tanto o parlamento de Bordeaux quanto seus amigos, e sua esposa, e seus filhos, para escrever. Ele queria refletir, diziam, e escrever sobre a moral e a religião. Não vejo nenhuma decisão dessa ordem no afastamento de Montaigne, nem o vejo como razoável; ao contrário, vejo nele loucura e paixão. Foi para continuar vivendo após a morte de La Boétie que Montaigne começou a escrever. Essas não são coisas da ordem da moral. E se, como dizia Michel Beaujour, o único que ousou, os

Ensaios não são completamente legíveis e ninguém jamais os leu na íntegra, tal como a Bíblia, talvez ainda mais, é porque eles nunca se evadem da singularidade de uma relação particular, eternizada aqui pela morte, ali pela fé. Se Montaigne tivesse escrito sobre sua dor, ela teria transmitido toda a escrita do mundo. Mas ele só escreve como que para não escrever, para não trair – escrevendo, justamente. Assim, nos deixa sem ele, maravilhados, satisfeitos, mas sem jamais acompanhá-lo em sua liberdade. Sabe, hoje de manhã o tempo estava outra vez resplandecente, as praias voltaram a se cobrir de pipas, de crianças, de famílias exaustas da vida, sempre tristes, sabe? sempre. As colônias de férias atravessaram tudo aquilo, estavam cantando hoje de manhã, sempre aquela canção indecifrável. E, como sempre, houve outras crianças a segui-las, porque nada, à primeira vista, as distingue dos órfãos, e porque os órfãos, assim como as crianças perdidas, exercem sobre os filhos providos de família e amor a atração incomparável do abandono. Sim, lá estava o menino de olhos cinzentos. Perto dele, a jovem. De tempos em tempos ele catava coisas na praia e ela esperava por ele. E outras monitoras reuniram todas as crianças, sempre à frente daqueles dois, e ela lhes disse: vamos cantar. O menino de olhos cinzentos sentou-se perto da jovem. E todo mundo cantou, menos o menino e a jovem. As monitoras pediram que o menino cantasse com os demais e ele não respondeu. Então a jovem disse que era porque ele não podia cantar com os outros. Não entendiam o que a jovem estava dizendo. E queriam que fosse a criança a responder. Por que você não quer cantar? Então o menino olhou para aquelas pessoas que o interrogavam, depois para as outras crianças, como se acordasse de repente, não havia timidez, mas, com um espanto um pouco assustado e sempre com uma leve crispação do rosto, a proliferação das palavras dilacerou a imobilidade das feições, e ele disse: não quero cantar. Hesitaram, disseram à jovem que ela estava protegendo demais aquele menino. Ela respondeu que não o estava protegendo. Disseram-lhe que a singularidade de uma criança nunca deveria ser encorajada, mas, pelo contrário, colocada à prova da regra comum, que ela deveria saber disso. A jovem respondeu que não entendia o que diziam. Disseram-lhe para ir embora com o menino, já que ele se destacava tanto de seus colegas. Então eles se foram, sabe, para o outro lado do molhe, em direção às colinas de argila e às rochas negras. E lá ela cantou para a criança, cantou que havia passeado junto à fonte límpida, que no galho mais alto cantava um rouxinol e que ela nunca haveria de esquecê-lo, e a criança ouvia a letra. O mar baixava e naquele lugar, entre as colinas e o mar, existe uma barreira plana, uma ampla faixa que retém a água e que permanece como um espelho cintilante todos os dias durante muito tempo. E a jovem falou com a criança, enquanto caminhavam sobre o espelho, a respeito de uma leitura recente, ainda ardente, que ela não conseguia deixar de lado. Tratava-se, dizia ela, de um amor que esperava a morte sem provocá-la, infinitamente mais violento do que se o tivesse feito através do desejo.

08

O tempo estava nublado e a tempestade chegou trazida pelo vento norte. Esse vento era muito forte, contínuo, sem trégua, uma parede lisa e reta. E o mar se enfureceu outra vez. A chuva veio durante a noite e foi afastada pela força do vento. A noite toda esse vento uivou, por baixo das portas, nas frestas das paredes, na cabeça, nos vales, no coração, no sono. Da mesma forma, o quarto de onde te escrevo esteve toda a noite no rugido escuro e massivo do mar. Entre suas águas, deslocamentos se operavam, terríveis, despedaçamentos, desabamentos que eram vedados tão logo ocorriam e cuja violência se dissipava assim que alcançavam a superfície, mal o ar era tocado, em vagas de enorme brancura. As pessoas falaram, tinham medo, disseram: é o barulho dos comboios, o da guerra. Viam nas lamúrias do vento sinais do Leste, esses sinais de morte, você sabe como eles estão, como nós estamos, em que confusão de nossos espíritos, em que esquecimento, sempre, de toda a razão, como estamos sempre prontos a voltar à caverna negra do nosso medo dos lobos. Mas não, não era nada, nada além dos ruídos do mar e do vento. E veja, o sol nasceu sobre o mundo. O céu estava nu e branco, mas o mar ainda estava furioso. Ficou muito tempo assim, nesse estado, sabe, nesse estado noturno de aberração e vaidade, insone e velho. Ele se debateu por muito tempo sob o dia que o iluminava, como se tivesse que completar esse esmagamento imbecil de suas próprias águas, presa de si mesmo, de uma grandeza inconcebível. Como no primeiro dia, carregava até a praia as braçadas brancas da sua ira, devolvendo-as como algo que era devido, como um animal faz com os ossos, como o passado faz com as cinzas dos mortos. Sim, a criança de olhos cinzentos estava lá, e a jovem também, olhavam para o mar. E eu também os trouxe para mim como faço contigo, com o mar e com o vento, e fechei todos vocês neste quarto perdido acima do tempo. Foi no meio do dia deste sábado de agosto que a notícia chegou. Sim, Gdansk. Aceitaram. A coisa teria sido assinada. Assim como você, telefonei para as pessoas, elas tinham ouvido a notícia, a mesma, e não havia mais dúvidas, estava feito. Não sei como te falar dessa notícia. Todos falam dela acreditando que estão sendo claros e de repente essa clareza me afasta deles, por maior que seja, por mais criteriosa, por mais lógica, por mais convincente que seja, leva-me de volta a Gdansk como à pátria do silêncio. Porque acredito que Gdansk seja o silêncio que se faz no essencial indefinível daquilo que se tentou definir, daquilo que foi pulverizado, esmigalhado, separado, sim, que seja a palavra que incubava, separada da fala. Acredito que Gdansk seja acima de tudo uma questão de silêncio, que o silêncio seja o continente de toda Gdansk, sua novidade milagrosa. Eu tinha falado detalhadamente sobre cada uma das reivindicações de Gdansk e acabo de jogar fora o que tinha escrito. Gdansk já está no futuro. E mesmo que falhe e seja massacrada e o seu sangue derramado, ela terá acontecido, é irrevogável, monolítica e ao mesmo tempo acessível a todos, absolutamente todos os que veem. A exigência de Gdansk coincide de tal forma com a exigência fundamental do homem que lhe confere uma espécie de novo saber, mas, assim como ela, esse conhecimento é indissolúvel, e claro. O relâmpago está na consciência, não mais na floresta. Pensávamos que não aprenderíamos mais nada. E agora sabemos o que acreditávamos não saber. Porque ver Gdansk é ter esse conhecimento. Procuremos nos aproximar desse exército desarmado, calmo e sozinho, o da História. Procuremos nos aproximar dele da única forma possível, evitando a insanidade da teoria – falo do imaginário. Falo comigo mesma como se fosse possível falar com eles, e respondo a mim mesma como se fosse possível que eles me respondessem. E tudo isto aqui é inventado, e tudo isto pode ser negado, tanto na sintaxe quanto no conteúdo do vocabulário. Vocês tinham o direito de pedir melhores salários? Não, estávamos sendo massacrados. Tinham o direito de escrever o que quisessem? Não. De ler o que quisessem? Não. Tinham o direito de se defender? Não, havia organizações designadas também para isso. Tinham o direito de acreditar em Deus? Não. Sentiam fome? Não, comíamos até nos fartar. Tinham o direito de aderir a uma liga de defesa dos direitos humanos como a de Helsinque? Não, era proibido. Tinham acesso aos mercados reservados aos membros do poder? Não. Tinham o direito de comprar um carro? Sim, mas não podíamos comprá-lo com dólares do mercado clandestino, éramos pagos em zlotis. O prazo de entrega era longo? Era de dois anos com zlotis e oito dias com dólares. Todos os principais membros do PC tinham carros? Quase todos. Mas vocês ainda assim haviam se livrado do capitalismo? São palavras. A exploração humana é pior nos países socialistas do que nos outros. Mas vocês comem? Sim, comemos há 60 anos, desde 1917. Não existe capitalismo no socialismo? Sim, o mercado clandestino em escala nacional é um capitalismo. Qual a diferença entre o capitalismo e o socialismo nesse caso? O capitalismo não tem justificativa, o socialismo, sim. Quem são essas pessoas do Partido? Não sabemos, isso não importa para nós. Vocês têm alguma ideia acerca deles? Não, eles não nos interessam. Como vocês explicam que ainda haja recrutamentos na Polônia e em outros lugares? Devem achar que é do seu interesse, ou então não sabem mais nada de política, quem sabe, nós não sabemos, isso não nos interessa. Vocês escutam seus discursos? Não. Eles têm como lhes ensinar alguma coisa? Não. Sobre eles próprios, será que têm como? Também não têm mais como nos ensinar nada sobre eles próprios. Há diferenças entre um membro do PC e outro membro do PC, existem os bons, os maus, os mentirosos, os não mentirosos? Não. Enquanto permanecerem inscritos no PC, a diferença entre eles inexiste. Como vocês os definiriam? Pelo medo. Como vocês aceitaram o inadmissível em suas vidas durante décadas e décadas? Pelo medo. Tentamos três vezes, três vezes eles nos mataram. O mesmo medo dos seus líderes? Sim, o mesmo, o medo de morrer ou de ser preso. Esse medo desapareceu agora? Não, está aqui. Existe uma diferença entre o medo de seus líderes e o seu? Nenhuma. Mas vocês comiam até se fartar e todos os dias? Era preciso esperar horas para comprar comida, mas comíamos sim. O que há de novo desta vez na greve dos trabalhadores de Gdansk? A determinação. Gdansk marca o limite do que vocês tinham condições de suportar? Não. Marca o limite da nossa determinação, esta greve foi preparada e tínhamos estabelecido sua data, o verão de 80. Vocês diriam que esta greve é política? É uma greve que diz respeito a toda a sociedade polonesa, à nação polonesa, não nos importa se representa uma revisão da estrutura do socialismo, que a vejam como quiserem. O que é a lei? Nada, é como a burocracia, eles queriam justificar seus privilégios. Vocês apelaram a intelectuais para os representarem junto ao Partido, por quê? Primeiro porque eles sempre nos apoiaram, depois porque têm a mesma cultura política dos redatores do partido, era uma questão de linguagem, não valia a pena irmos até lá. A burguesia não inspira confiança em vocês? Ela só existe em relação ao dinheiro, não existe de outra forma. Vocês querem o poder? Não. Queremos cuidar da Polônia, tirá-la da doença em que se encontra. Só contam consigo mesmos? Sim, não confiamos mais em ninguém além de nós mesmos. Sabem que o que dizem pode se aplicar à maioria dos países europeus? Sim, sabemos. Acreditam que a natureza humana é boa? Não. Acreditam que possamos reduzir o mal? Sim. A força malévola do homem dedicada ao mal pode ser desviada, usada de modo diferente. O mal também é uma força. Vocês são pessimistas com relação ao homem? Sim. Acha que o otimismo, um dos principais valores do socialismo, é o mais imbecil? Sim, acho. O que estamos dizendo quando dizemos tudo isso? Nada. Dizemos. Mas vocês comem da mesma forma que na China, na Rússia? Sim. Diga-me, por que você fala da fome? Porque assim como você eu acredito que na saciedade da fome existe o fundamento daquilo que poderíamos chamar, se quiser, de nova opressão socialista do homem, que é a contrapartida exata daquela da sua antiga miséria. Um país socialista, por definição, é um país onde a fome desapareceu. Os outros aspectos do homem não são evocados. O homem que come é considerado o homem livre, o homem suficiente. O homem suficiente não precisa mais reclamar de nada, desde que coma até se fartar. O homem dos países socialistas se viu, portanto, preso a uma definição limitada à sua alimentação. A sociedade não precisava de nada mais além dele, desse homem bem-alimentado, para construir o socialismo. Contudo, não é porque a fome seja um estado de sofrimento e esterilidade do homem que a eliminação desse sofrimento crie um estado de felicidade e fertilidade. O estado de saciedade do homem é um estado sem interesse, deveria ser um estado natural a partir do qual o homem deveria ter acesso ao pensamento de si mesmo, à sua solidão essencial, ao seu mal-estar, à sua inteligência – que também compreenderia a nostalgia de sua fome lendária, de seus fracassos, de sua errância inicial. Ora, aqui, o homem alimentado sendo um fim e também a vitória socialista sobre a fome do homem, onde quer que ela se encontre, tendo sido elevada à categoria de justificativa maior, o homem alimentado se viu diante da dívida de sua própria vida contraída em seu nome por outros. O escândalo se tornou a fome, mas jamais a exploração que dela se fazia. De tal modo que o homem socialista permaneceu um homem resgatado, escravizado ao seu passado e à sua família, a da fome. De tal forma também que o estado de saciedade se tornou, aqui, uma indigência, como a miséria que o precedia. O menino nunca tinha visto uma tempestade tão forte, não se lembrava de tamanha violência e sem dúvida estava com medo. Então a jovem tomou-o nos braços e entraram juntos na espuma das ondas. O menino olhava para o mar, agarrado à jovem, estava apavorado, tinha esquecido a jovem. E foi nesse esquecimento dela por parte do menino que a jovem viu os olhos cinzentos do menino em plena luz, a que era refletida pelo mar. Então ela fechou os olhos e se conteve para não avançar ainda mais na espuma profunda. A criança ainda observava as ondas, sua chegada e sua partida, o leve tremor de seu corpo havia cessado. A jovem, cujo rosto se desviava do mar, comia os cabelos da criança, tinha entre os lábios seu sal e seu cheiro do vento. O menino não sabia, já não sabia nada de si mesmo, apenas daquele caos das águas e da resolução tranquila da sua violência quando se espalhavam na areia. A jovem perguntou ao menino se estava com frio, ele disse que não. Se ainda estava com medo. Ele hesitou e disse não. Perguntou se ela não poderia avançar mais, até onde as ondas quebravam, e ela disse que se o fizesse era provável que a força do mar os separasse e que o mar o levasse, ele, o menino. O menino sorriu. Depois, partiram na direção norte, rumo aos prados pantanosos da baía em frente aos embarcadouros do Havre.

09

Estamos nos aproximando do equinócio de setembro, estamos nos aproximando do fim do verão. O mar está cambiante, no espaço de uma noite está ruim e depois bruscamente pela manhã ei-lo calmo de novo, torna-se azul outra vez e de novo se enche de velas brancas e de sol. Os petroleiros estão lá de novo, em fila indiana diante das falésias brancas de Antifer. Dentro de quatro dias, a última colônia de férias vai deixar a cidade. O mar está muito baixo neste momento, está muito longe, do quarto escuro posso vê-lo bem, e deixa para trás lagos, ilhas, arquipélagos afogados em neblina, países inteiros de areia alagada. A jovem e a criança atravessaram o areal aberto e entraram na baía, para o lado das estacas pretas, em direção ao canal. Nesse ponto da baía, a praia está lamacenta nas depressões e a jovem voltou a carregar a criança. A luz já se alongava na superfície do mar, já estava mais dourada, mais lenta. Eles atravessaram a imensidão da praia, a jovem escorregava

algumas vezes e a criança ria alto. As estacas cresciam
à medida que os dois avançavam. A certa altura, a jovem
colocou a criança no chão e eles atravessaram o último
banco de areia antes do rio, é ali que estão plantadas
as estacas pretas. Ei-las, três árvores altas como mastros,
a poucos metros umas das outras, na margem do rio,
suas copas devem ter sido unidas por anéis de ferro,
por porcas. Agora os anéis estouraram sob a ferrugem
e desde então as árvores se separam lentamente umas
das outras, libertam-se, e depois de 100 anos, talvez,
dessa terrível torção do ferro, esse movimento não cessa,
as árvores ainda estão se separando, como na floresta,
antes de serem cortadas e mantidas unidas pelo aperto
dos anéis de ferro. A criança olha para elas e pergunta
à jovem o que era aquilo, ela diz que não sabe, que ninguém nas aldeias da baía sabe. A criança esperou e então
pediu novamente à jovem, sempre com essa violenta
discrição, que lhe contasse o que poderia ser. A jovem
disse, então: talvez uma baliza antiga do canal do Sena,
talvez outra coisa, que talvez não servisse para nada,
para reconhecer a amplitude dos equinócios, marcos
esquecidos. As três árvores não são inteiramente iguais,
cada uma delas sofreu de forma diferente a torção do
ferro, o ímpeto do seu crescimento não foi modificado
da mesma forma. Suas copas são esculpidas em ranhuras

verticais cortadas com entalhes regulares e profundos, isso para que as cordas pudessem aderir melhor à madeira. Os rostos das estacas pretas são tristes, são dotados de olhar. Viraram-se em três direções diferentes, a do alto-mar, a do rio, a do Havre. Esses rostos são cinzentos, esbranquiçados pelo sal, sua madeira está nua, seus olhos são os buracos vazios deixados pelas porcas que fixavam os anéis. As árvores, de resto, são azul-escuras, cobertas de mexilhões, aos seus pés há um poço d'água, o mar que gira todos os dias há 100 anos em torno da sua resistência. A jovem se deitou na areia molhada e fechou os olhos. Então o menino foi se juntar às pessoas que recolhiam moluscos. De vez em quando voltava para junto da jovem. A jovem sabia quando ele estava ali olhando para ela, abria os olhos e lhe sorria, e ele retornava para junto dos pescadores e voltava de novo até a jovem e dava a ela o que os pescadores haviam deixado, caranguejinhos cinzentos, camarões, conchas vazias, e a jovem as jogava no poço ao pé das estacas pretas. Então o mar se tornou aos poucos verde-perolado. A longa fila dos petroleiros de Antifer ficou mais espessa, mais escura. Era o fim da tarde que chegava. E aquele levíssimo esfumaçar da luz, aqueles sopros que passavam, aquela névoa subindo, aquele ar subitamente úmido, tudo isso era a maré. E as águas do

Sena começaram a ser invadidas pelas do mar. O menino regressou com a jovem e olhou ao seu redor com aquela ligeira fixidez que fazia com que o seu olhar, para onde quer que olhasse, fosse de um espanto inalterável e também de uma suavidade muito intensa colorida por um sofrimento não sentido, ainda ignorado. A jovem olhou demoradamente para o menino e lhe disse: você é a criança de olhos cinzentos, você é isso. O menino viu que ela havia chorado durante sua ausência. Os pescadores foram embora e os chamaram, avisaram que tinham que voltar, que o mar chegava depressa. O Sena se encheu de correntes, de redemoinhos, era inteiramente empurrado para trás pela força suave e terna do mar que subia em seu curso. De repente fez frio. A jovem carregou o menino ao longo de toda a travessia da praia, estreitava-o com muita força e abraçava seu corpo. O menino olhava na direção do canal, talvez estivesse com medo porque agora estavam sozinhos em toda a extensão da areia. A jovem chegou à subida das pedras em direção aos pântanos da baía. Lá o mar nunca ia, ela disse ao menino que ele já não precisava ter medo. Colocou o menino no chão e eles andaram pelo caminho entre os campos de juncos. Foi então, ao cabo de um momento, que a jovem disse preferir que fosse assim entre ela e ele, disse: que fosse completamente impossível, disse: que fosse completamente desesperançoso. Disse que se ele fosse grande a história deles os teria abandonado, que ela nem podia imaginar tal coisa e que preferia que aquela história ficasse onde estava, para sempre, naquela dor, naquele desejo, no tormento invivível daquele desejo, mesmo que pudesse levar a tirar a própria vida. Disse também desejar que nada mais acontecesse entre eles quando se reencontrassem dali a 12 anos à beira-mar, nada além daquela dor de agora, outra vez, por mais terrível que fosse, por mais terrível que viesse a ser, porque seria, e teriam que vivê-la assim, avassaladora, aterrorizante, definitiva. Disse querer que fosse assim até eles morrerem. O menino escutava a jovem com um pressentimento do significado de suas palavras mais profundo do que se ela tivesse tentado lhe falar com clareza. Ela lhe disse que ele se lembraria daquele caminho e das árvores negras ao mesmo tempo que daquelas palavras. Que o que ele não compreendia daquilo que ela lhe dizia era o mesmo que ela não compreendia de si mesma diante dele. Haviam chegado ao caminho de pranchas. Ficaram sem falar por muito tempo. Então a jovem cantou que junto à fonte límpida ela descansara, e que no galho mais alto um rouxinol havia cantado e que ela nunca, nunca haveria de esquecê-lo. O menino nunca lhe havia contado, mas ela sabia, sabia que o menino gostava daquela música. Enquanto ela a cantava, o menino não olhava para mais nada e a mão dele na sua ficou como que privada de vida. Ela também sabia disso de outra forma – esta, indecomponível, era indecifrável, ela era a única a percebê-la, mas como tal, para além de si mesma, para além da compreensão da própria vida. Quando chegaram às barracas, as pessoas falavam da Polônia, de destruição e de morte. Então voltei para a noite deste quarto acima do mar e para o seu silêncio. Sim, acho que nos vimos, quando abri a porta te reconheci, acho que foi isso que aconteceu. Você foi embora de novo depois de vários dias, então, da mesma forma, durante vários dias em seguida a cidade ficou mais escura e o quarto ficou deserto, cheio da angústia da sua ausência, como se tivesse sido devastado por esse golpe em sua solidão de sempre. Sim, por isso fui ao quarto, porque disseram que temiam por Gdansk, temiam a força das armas e a dos exércitos. Não, não associo Gdansk ao medo de que a cidade seja destruída. Nem à força das armas e dos exércitos. A nada, para dizer a verdade, acho, sim, eu me engano, sim, a mim. A você. Ao amor por você, por seu corpo. Não, Gdansk não tem nada a ver com a força que a destruiria. Com essa gente que escreve, que fala, que lembra. Não. Também não tem nada a ver com sua possível degradação ao longo do tempo. Com sua podridão mais tarde. Não. Quando repousar assim em sua putrefação, pertencerá. A quem? Isso não importa. A cidade não tem nada a ver consigo mesma. Olhe para essa escuridão ao nosso redor, tão densa, não devemos reclamar dela de agora em diante, veja como podemos ler através dela. Você deveria vir comigo para o quarto escuro e deserto, não mais ter medo. Você não deve mais ter medo. Você tinha medo em demasia. Moscou não consegue mais entender Gdansk, o que você quer? Como Moscou faria para entender Gdansk? Como? Esse movimento do mar, do vento? Essas forças quietas? Esse amor? Moscou, aquela coisa, como você espera? Em 1946, sim, é isso. O nome escrito no túmulo é Akhmátova, Anna, proibido publicá-la. Ela teria 100 anos. A proibição ainda existe, desde 1946, sim, é isso. Vivia de traduções num quarto de empregada. A maior poeta. Gdansk. Não, não sabemos por quê. Sim, foi em 1947. O nome escrito no túmulo é Óssip Mandelstam. O maior poeta. Sim, proibido publicá-lo. Gdansk, Moscou, sorrindo para ele, como você espera que isso seja possível? Duzentos e sessenta milhões de habitantes. Não sabemos por que, de repente, surgiu esta luz sobre o mar do Norte. Ela se fez no centro da escuridão, lembra? A esperança? Não, não. Acho que não há nada mais pessimista do que Gdansk. Exceto este amor que tenho por você e que sei ser ilusório e que através da aparente preferência que tenho por você não amo senão o próprio amor, não desmantelado pela escolha da nossa história. Gdansk, como você quer que Moscou entenda Gdansk? Gdansk é tão alegre, tão leve, livre, quase fútil, sim, discordante, louca, terna, uma multidão contida em cada uma das suas pessoas. Moscou havia aceitado Gdansk porque Moscou não compreendera Gdansk. Os surdos, você sabe, que respondem por causa do medo. Baudelaire. Mallarmé e esses mortos da Rússia... Por que você deseja morrer? Por que não? É verdade, por que não? Conhecemos a história como os rabinos da Lei. Venha ver, de repente tudo está claro, o mar, o céu, o mar ficou violento de madrugada, ficou cruel e sombrio e agora ei-lo feliz. Não tem espírito, nem inteligência, nem coração, o mar, nada mais é do que esse devir material, sem saída, sem fim. Gdansk é mortal, é a criança de olhos cinzentos, é isso. Feito você, isso.

10

As marés de setembro chegaram. O mar está branco, louco, louco de loucura, de caos, debate-se numa noite contínua. Ergue-se para atacar os molhes, as falésias de argila, rasga, desventra as fortificações, as areias, louco, você vê, louco. Fecham as saídas das casas, trazem de volta os veleiros, fecham tudo, ele leva, traz de volta, recolhe, dorme-se sobre os seus destroços, o trovão das suas profundezas, seus gritos, a demorada lamúria da sua demência. De manhã ele sempre se acalma. E então sempre, sim, logo que vem o vento da noite, eis que tudo recomeça, sim, logo que vem a noite o mar retoma sua violência. Estou no quarto escuro. Você está aqui. Olhamos para fora. O mar e essa passagem dos dois vultos distantes, da jovem e do menino, eles caminham ao longo da brancura, pela nudez, pela praia. Não se aproximam um do outro, não se falam. Não há vento, ele só vem à noite com a mudança da maré. Estamos fechados no espaço do mar, com a sua loucura. Ele não quer cruzar essa linha dos equinócios, essa igualdade entre dia e noite. Esse ângulo astral, ele não quer, essa regra do céu, essa lei, ele não quer, esse sol equatorial, o mar se torna violento todas as vezes, presa de seu próprio poder, do soerguimento de suas águas em direção às origens do mundo, ele grita. A praia está vazia como o quarto. A jovem e o menino estão sozinhos. Olho para eles na sua presença. Você que conhece a história, você, a pessoa sem a qual eu nada diria a esse respeito. Eles caminham ao longo da brancura no sol branco que de vez em quando se precipita nos buracos do céu negro. No alto da colina, as barracas foram desmontadas. Chegaram ônibus no final da manhã, colocaram ali as malas das crianças. Esperam pela hora, quatro horas, e que eles voltem. Ela foi até a praia. Sem avisar, levou a criança. Venha. Do alto da colina todos os acompanham com o olhar. O medo. Dizem: ela não vai devolver o menino. Dizem: vai matá-lo, se matar. Dizem: eles não saem da praia, contanto que não saiam dali não é preciso ter medo. A luz está muito forte em vastas áreas do mar, noutras chove, é possível ver as paredes claras da chuva estriando o céu. Eles caminham ao longo das chuvas e dos territórios ensolarados, caminham e eu os observo do quarto escuro. Vejo-os com clareza. Vejo o cinza dos olhos da criança cheios dos cristais do olhar, seu brilho úmido, sua carne, vejo o cinza profundo e homogêneo do mar, vejo a forma dos seus corpos, os espaços da chuva que cai e os espaços tingidos pela chuva que está por vir. Observo-os. Você me observa a vê-los. Assim como eles, estamos separados. Disseram: os ônibus partirão por volta das quatro da tarde. Ela caminha na frente dele. Ele a segue. Não se falam. Você diz: do que estávamos conversando no quarto escuro? Hoje não sei mais. Digo o mesmo que você, que não sei mais. Dos acontecimentos do verão, sem dúvida, da chuva e da fome, do mau tempo, você se lembra, de que corria dia e noite através do vento, do frio, no calor, daquelas noites quentes que fluíam dos dias de agosto, da sombra fresca das paredes, daquelas jovens cruéis com formas tão perturbadoras que esbanjavam desejo, desses hotéis, desses corredores, desses hotéis, desses quartos abandonados onde se faziam amor e livros, do quarto do seu martírio, daquelas noites tão lentas, você se lembra, de quando elas dançavam, sim, é isso, diante dele supliciado de desejo e dor, a ponto de perder a vida, no prazer desesperado de morrer por causa disso. De Mozart também, e do azul da meia-noite nos lagos árticos, do azul da meia-noite nas vozes, o coração tremendo com isso, nas vozes de Mozart. Também daquela maneira que você tinha de não fazer nada, da maneira dela de esperar, da maneira como você esperava, igualmente, nos sofás voltados para fora. Da Polônia e de Deus. Da morte também, e do postal que a criança trouxe do mercado para que ela escrevesse uma data e o nome do local e a hora do encontro, porque a criança ainda não sabe escrever, nem ler nem nada, ainda não sabe nada dessas coisas que há de saber muito rapidamente, dentro de um ano, no máximo, e para sempre depois disso, até sua morte. Do alto da colina, do medo. Já não se pode mais vê-los, eles ultrapassaram a fila das cabines de banho, ultrapassaram o pavilhão negro de setembro, a bandeira vermelha do perigo, espera-se e se vê que não, que eles reaparecem, que não continuaram em direção à desembocadura do Touques, vê-se que voltam, sim, que voltam para este lado do mundo aonde os ônibus vieram para levar o menino embora. Ei-los, posso vê-los, vejo a ela, cantando, ouço essa canção para que passe o tempo antes da saída dos ônibus. Ela não pronuncia a letra, boca fechada, só canta. Caminha longe do corpo do menino, não olha para ele. O menino a segue, caminha bem atrás dela, sabe que ela não quer que ele se aproxime, sabe disso, olha para ela, sabe que ela não vai se voltar. Canta a canção de maneira imperfeita, às vezes silencia e a retoma no lugar certo, como se a tivesse cantado, caminha com o canto, em síncopes, em sufocamentos mortíferos que interrompem sua voz. Ele olha para ela. Ela não vai se voltar mais. Será que já o viu pela última vez? Será que isso já aconteceu? Vai olhar para ele uma vez mais? Não sei. Olho para você. Você não sabe. No quarto escuro fechei você, por sua vez. No espaço ilimitado do mar te fechei junto com a criança. Está feito. Esta cor preta dos meus olhos cerrados, esses golpes no coração, a semelhança definitiva entre vocês. Para passar o tempo, foi o que ela disse, antes de os ônibus partirem ela canta para passar o tempo. O menino caminha um pouco mais depressa em sua direção, alcança-a, alcança sua mão, toca-a, tenta pegá-la, mas essa mão permanece fria e morta, aberta. Ela não pegou na mão do menino. Então o menino parou. Olhou para ela enquanto ela continuava, olhou para o mar e depois voltou a andar atrás dela, alcançou-a, manteve a distância que ela queria manter entre os dois. Lembrei-me de que uma noite, no início do verão, ela lhe perguntou: do que você mais gosta? Ele tentou entender a pergunta, tentou de novo e depois disse: não sei. Então ele perguntou o que seria para ela e ela respondeu com a lentidão dele, disse-lhe: feito você, do mar. Ela esperou. Você sabia disso? Ele fez que sim. Foi em seguida que ela cantou a música pela primeira vez. Já não consigo distinguir o seu corpo do corpo do menino, já não sei nada das diferenças que unem vocês dois e os separam, só conheço o seu olhar semelhante na direção dessa linha sempre incerta onde você vai morrer, diretamente, antes de retornar e ver. Já não sei nada sobre as diferenças entre o exterior do menino e o interior do menino, entre o que o rodeia e sustenta e o que o separa, esse coração, talvez, enclausurado no corpo frágil e quente, talvez só isso, essa diferença provisória, sim, isso, nada mais, esse batimento leve que é só dele, e não a imensidão da sua consequência. Também já não sei mais nada das diferenças entre Gdansk e Deus. Mais nada sobrou entre esses túmulos do Oriente, da Terra Soviética da Morte, entre esses poemas dilacerados, enterrados no solo da Ucrânia e da Silésia, entre esse silêncio mortal da terra afegã e a maldade insondável desse mesmo Deus. Nada. Sobre Gdansk coloquei minha boca e te beijei. Não, a jovem não voltou a olhar para o menino, como se ele não existisse, como se nunca tivesse existido, como se fosse punido por ser amável a ponto de ser maldito, como se nunca tivesse existido, sim, é isso, nunca, nunca, como se a própria ideia da existência dele nunca tivesse passado pela sua cabeça, como se você não existisse. O menino retirou a mão, parou, não entendia quem ela era, quem ela havia se tornado. E então começou a segui-la novamente. O verão ficou cinza, o sol passou. Os petroleiros de Antifer ainda estavam alinhados naquele eixo do Havre, regressarão esta noite com a maré alta, permanecerão ali abandonados por nós na agonia dos últimos dias. Nos olhos do menino o estupor, porque ela não olha mais para nada, porque a mão dela não se fechou sobre a dele, não a segurou, como se nada tivesse acontecido. No quarto escuro nada mais acontece. Tudo seria possível nas consequências de uma única palavra que não sei escrever e que exprimiria a inteligência indefinidamente aproximativa desse desespero. O menino vê que está além de suas forças compreender isso, olha para ela, vê que o amor tem como, portanto, dizer-se de modo inverso à sua potência, retirar-se de si mesmo e se calar com maior violência do que a que haveria ao se expressar. Então há o mar e o vento, e a chuva, e as ondas fortes, e o ardor da areia, e há também essa mulher surda e dura, que canta mal, com as mãos frias e abertas, pálidas de sofrimento, que ele não quer mais largar. E então o menino entra, por sua vez, na deambulação perturbada da jovem, em sua traição, ele olha para o seu vulto caminhando, cada um de seus passos conduzindo-a ao seguinte como se fosse o último num impulso que a cada vez se rompe e recomeça. Ele percebe o que ainda não compreende, vê o que ainda não vê e isso numa vidência opaca que lhe enche os olhos de lágrimas. Ela parou de cantar e pergunta se ele quer que lhe conte a história de David, o menino da ilha desconhecida. Ela não se voltou. Ele diz que não quer que ela conte. Ela diz: eu te aviso quando você precisar subir novamente, o ônibus vai chamar. Diz a ele que não sabe cantar bem, mas que poderia contar um pouco daquela história antes que chegue a hora, sabe, a da fonte e daquele tubarão. Então ele diz: como quiser. Então ela diz que um dia o tubarão chegou e pediu a David que fosse passear com ele pelos oceanos, que queria lhe mostrar uma grande pradaria no mar, a pradaria dos Sargaços, a selva profunda dos naufrágios, e as enguias e a brisa das algas e o mar sob o peso daquelas massas de algas, aquele centro morto do mundo, lá nunca há vento, nunca há ondas, apenas uma ondulação longa e suave, também nunca faz frio, e às vezes o mar fica esbranquiçado com o leite de uma mãe baleia ferida que vem morrer ali e a gente se banha no leite e bebe o leite e rola nele, tudo junto. Venha, David. Venha. E o tubarão chora e David não entende por que o tubarão está chorando. E todos os animais da ilha chegam ao redor de David e o circundam e começam a fazer sua toalete noturna, a se esfregar nas árvores, a lamber o pelo, a se enfeitar, a lamber também David, seu menino. E o tubarão começa a chorar enquanto quer ir para a areia roubar David, e sufoca e volta para o mar. E David lhe diz: lá vamos nós de novo, ninguém nunca entende o que você quer, não sei mais o que fazer. E o tubarão chora e grita que não é sua culpa e pede perdão aos céus e começa a falar novamente nessa língua incompreensível, desta vez feita de ruídos da garganta, uivos e soluços. A jovem para. E eis que a luz fica amarela, alumbradora – a jovem para de novo –, eis que todo o mar está banhado nela, e a ilha, e as pelagens dos animais e os olhos cinzentos de David e eis que o ar de repente ressoa com um trovão líquido e a fonte emerge lentamente da bacia atlântica e se desdobra para fora, ainda cega e sofrendo e chorando e tão bela, suspira e se lamenta, pergunta quem estava gritando de dor desse jeito, não é decente, ninguém mais conseguia se ouvir nas bacias do oceano. E eis que os animais dizem todos juntos que era o tubarão que queria comer David. E que David finalmente entende e sente pena do tubarão. E que a fonte também sente pena do tubarão e que todos os animais também e que o tubarão também sente pena de si mesmo e a tardinha chega e uma espécie de felicidade imprevisível cai sobre a ilha e a fonte, em suas águas fechadas, em suas imensas saias de água, drapeadas, dança, dança a lenta *passacaglia* fúnebre do vento da noite escura. A jovem se cala. Diz: não sei o final. O menino diz que durou dois anos o que ela havia contado a ele. Ela diz que se lembra, sim, isso mesmo, dois anos. Que um barco havia passado. Que ele havia recolhido David. O menino perguntou se a fonte morreu depois disso. Ela disse que não, que a fonte não podia morrer, a fonte não sabia mas era imortal. Ainda não morreu? a criança perguntou outra vez. Não, nunca morreu, nunca. A jovem disse: vou lá para perto das quadras de tênis, vou dormir. Disse: você vai voltar pelo caminho de tábuas. Ela foi na direção das quadras de tênis. O menino viu que ela estava à beira da morte. Ela caiu na areia e ficou caída ali, o rosto sobre a areia. O menino está de pé, permanece ali, imóvel perto do corpo deitado. Na colina, continuam olhando. Dizem: o menino não vai embora, ela está deitada na areia, ele não vai embora, temos que chamar. Um chamado veio da colina. O menino não ouviu, parece, agora contorna o corpo estendido como se tentasse juntar-se a ele, deitar-se ao seu lado. Ela provavelmente também não ouviu. Outro chamado ocorre, mais lento, muito suave. A jovem diz: vá embora. Então o menino para de andar em volta do corpo, olha ao redor para as quadras de tênis desertas, para as vilas fechadas, para aquele corpo sem força e sem voz. Ele disse: ainda não. Um terceiro chamado, mais longo, foi se perder no mar. Ela disse: vá embora. O menino olhou novamente para aquele grande deserto de verão. Vá embora. Ele não disse mais nada, esperou mais um pouco e então fez o que ela pedia, lentamente começou a andar pelo caminho de tábuas na direção da colina. A cabeça baixa, não olha. Nada mais acontece no quarto escuro. De repente, este colapso da duração do tempo, estes corredores de ar, esta estranheza que filtra, impalpável, através das areias, da superfície do mar, do fluxo da maré crescente. O menino caminha. Avança. Estamos separados um do outro. Fecho meus olhos. Você olha em meu lugar. Diz: o menino está quase no sopé da colina. Diz: ela não se volta. Eu te pergunto se você tinha esperança de nunca voltar a encontrá-los, nem o vestígio da caminhada nem o dos corpos. Você não responde. Diz: o menino avança. Diz: ele está desaparecendo. Diz: está feito. Eu digo que te amo. Você diz: mesmo que ela quisesse, não poderia mais vê-lo. Diz: o menino subiu a colina, chegou aos ônibus. Abri os olhos para a escuridão do quarto. Você está perto de mim. Diz: ela não se virou. Diz que os ônibus desceram a grande colina acima do molhe. Que passaram ao longo da praia. Que a maré sobe. Que o corpo deve ter desaparecido da praia logo após a chegada da noite. Que chove.

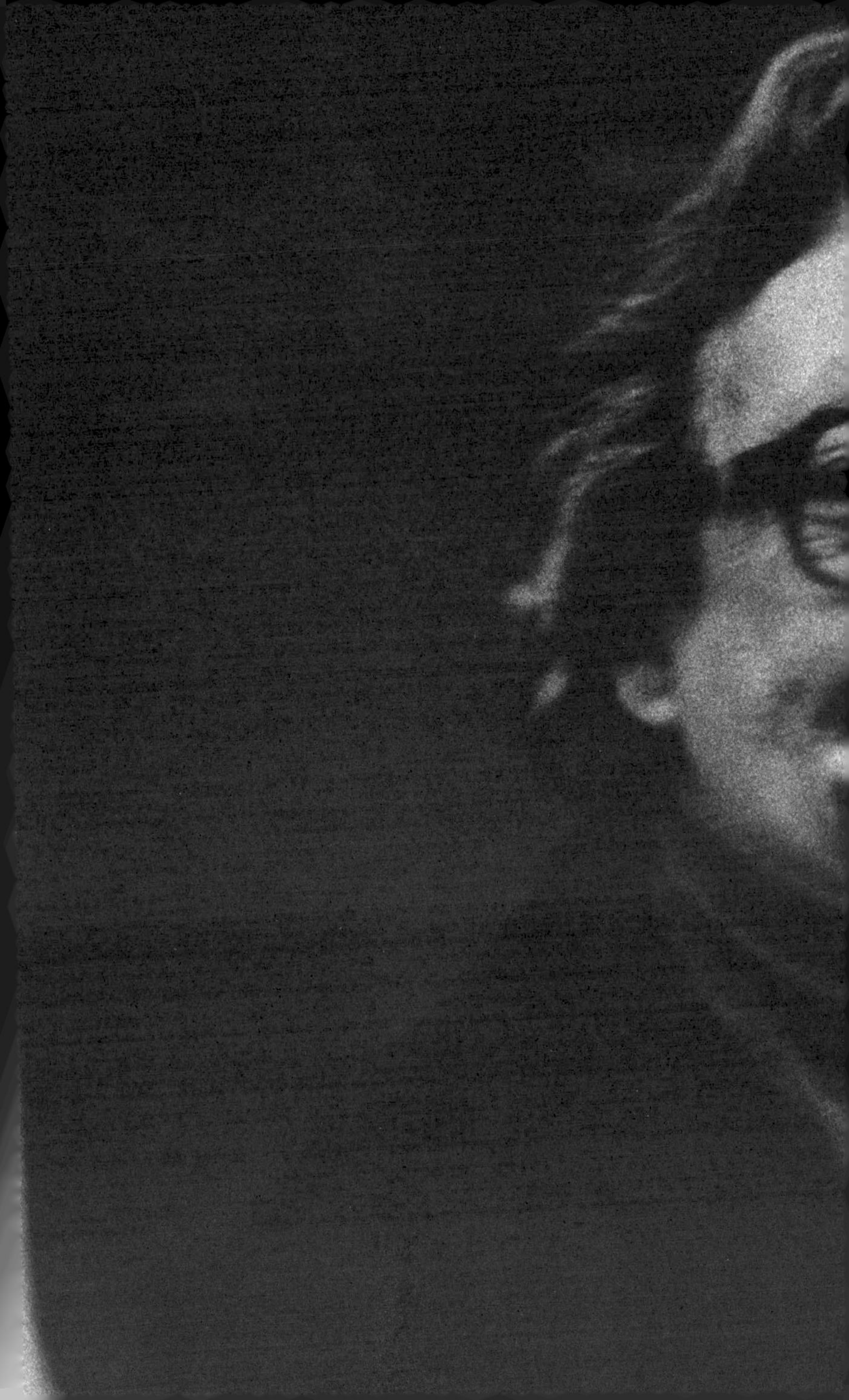

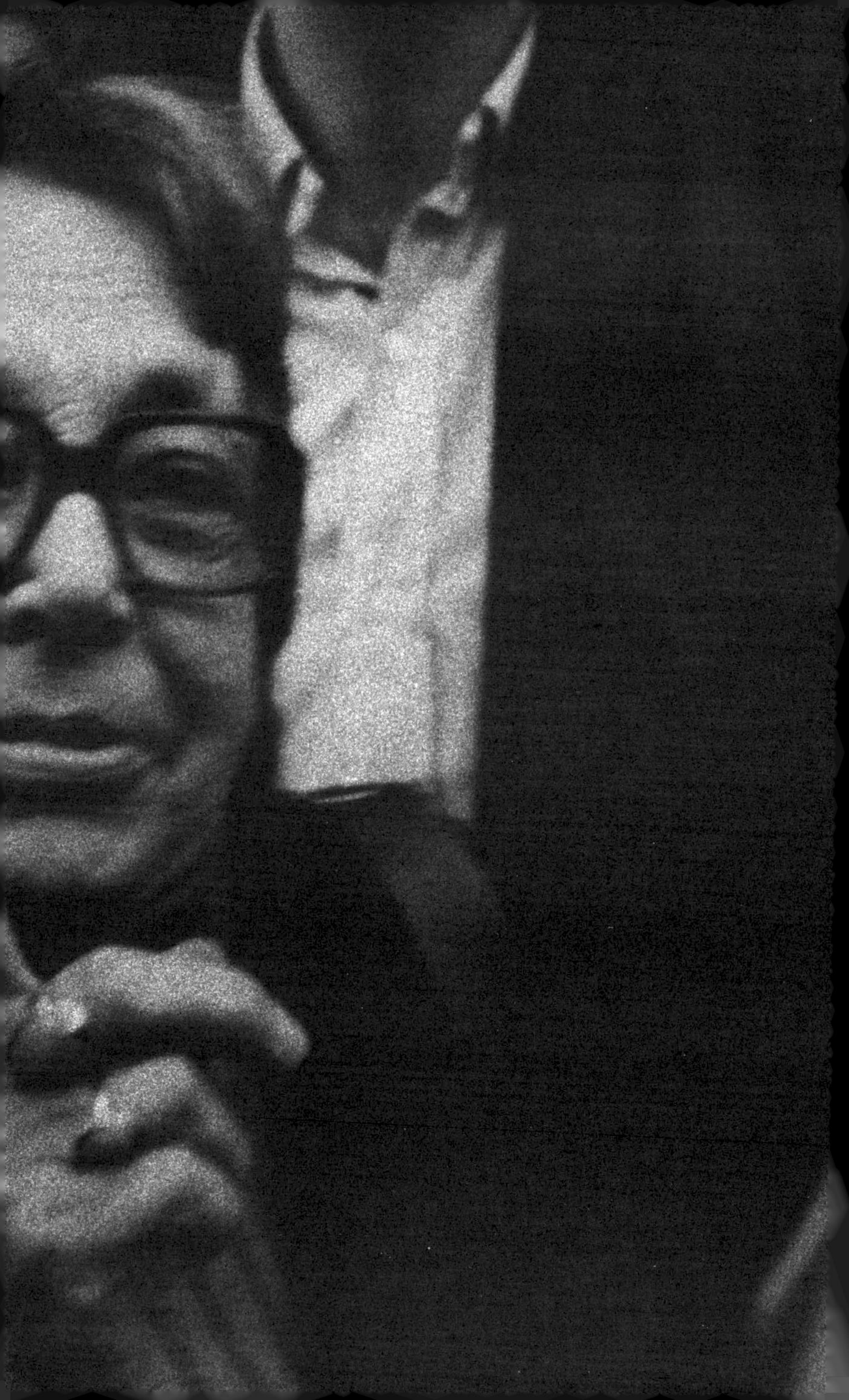

SOBRE A AUTORA.

Marguerite Duras, uma das escritoras mais consagradas do mundo francófono, nasceu em 1914 na Indochina — então colônia francesa, hoje Vietnã —, onde seus pais foram tentar a vida como instrutores escolares. A vida na antiga colônia, onde ela passou a infância e a adolescência, marcou profundamente sua memória e influenciou sua obra. Em 1932, aos 18 anos, mudou-se para Paris, onde fez seus estudos em Direito. Em 1943, publicou seu primeiro romance, *Les impudents*, iniciando então uma carreira polivalente, publicando romances, peças de teatro, crônicas no jornal *Libération*, roteiros, e realizando seu próprio cinema. Dentre suas mais de 50 obras estão os consagrados *Uma barragem contra o Pacífico*, *Moderato cantabile*, *O arrebatamento de Lol V. Stein* e *O amante* (seu best-seller, que lhe rendeu o Prêmio Goncourt de 1984 e foi traduzido para dezenas de países). Em 1959, escreveu o roteiro do filme *Hiroshima mon amour*, que foi dirigido por Alain Resnais e alcançou grande sucesso. Nos anos 1970, dedicou-se exclusivamente ao cinema, suspendendo romances, mas publicando seus textos-filmes. *India song* e *Le camion* foram projetados no Festival de Cannes em 1975 e 1977, respectivamente. Morreu aos 81 anos em Paris, em 1996.

SOBRE A COLEÇÃO MARGUERITE DURAS.

A COLEÇÃO MARGUERITE DURAS oferece ao público brasileiro a obra de uma das escritoras mais fascinantes do seu século e uma das mais importantes da literatura francófona.

A intensa vida e obra da escritora, cineasta, dramaturga e cronista recobre o século XX, atravessando o confuso período em que emergem acontecimentos que a fizeram testemunha do seu tempo — desde os trágicos anos da Segunda Guerra até a queda do Muro de Berlim. Duras publica até o término de sua vida, em 1996. Os textos da escritora se tornaram objeto do olhar dos Estudos Literários, da Psicanálise, da História, da Filosofia e dos estudos cinematográficos e cênicos. Sabe-se, no entanto, que a escrita de Duras subverte categorias e gêneros, e não é por acaso que sua literatura suscitou o interesse dos maiores pensadores contemporâneos, tais como Jacques Lacan, Maurice Blanchot, Michel Foucault, Gilles Deleuze, entre outros.

Os títulos que integram a Coleção Marguerite Duras são representativos de sua obra e transitam por vários gêneros, passando pelo ensaio, roteiro, romance e o chamado texto-filme, proporcionando tanto aos leitores entusiastas quanto aos que se iniciam na literatura durassiana uma intrigante leitura. E mesmo que alguns livros também relevantes não estejam em nossa programação devido à indisponibilidade de direitos, a obra de Marguerite Duras é dignamente representada pela escolha cuidadosa junto aos editores franceses.

Nesta Coleção, a capa de cada livro traz um retrato da autora correspondente à época de sua publicação original, o que nos permitirá compor um álbum e vislumbrar como sua vida e obra se estenderam no tempo. Além disso, cada título é privilegiado com um prefácio escrito por experts da obra — pesquisadores e especialistas francófonos e brasileiros —, convidados que se dedicam a decifrar a poética durassiana. Obra que se inscreve na contemporaneidade, para parafrasear Giorgio Agamben, no que tange à sua relação com o próprio tempo. Marguerite Duras foi uma escritora capaz de tanto aderir ao seu tempo, como dele se distanciar, pois "contemporâneo é aquele que mantém fixo o olhar no seu tempo, para nele perceber não as luzes, mas o escuro", evocando aqui o filósofo. Assim viveu e escreveu Duras, tratando na sua literatura de temas jamais vistos a olho nu, nunca flutuando na superfície, mas se aprofundando na existência, deixando à deriva a falta, o vazio, o imponderável, o nebuloso e o imperceptível. Toda a obra de Marguerite Duras compartilha dessa poética do indizível e do incomensurável, dos fragmentos da memória e do esquecimento, das palavras que dividem com o vazio o espaço das páginas: traços da escrita durassiana com os quais o leitor tem um encontro marcado nesta coleção.

LUCIENE GUIMARÃES DE OLIVEIRA
Coordenadora da Coleção Marguerite Duras

Títulos já publicados pela coleção:
- *Escrever* (Trad. Luciene Guimarães)
- *Hiroshima meu amor* (Trad. Adriana Lisboa)
- *Moderato cantabile* (Trad. Adriana Lisboa)
- *Olhos azuis cabelos pretos* & *A puta da costa normanda* (Trad. Adriana Lisboa)
- *O arrebatamento de Lol V. Stein* (Trad. Adriana Lisboa)
- *O verão de 80* (Trad. Adriana Lisboa)

Próximos títulos:
- *A doença da morte*
- *Destruir, diz ela*
- *O homem atlântico*
- *O homem sentado no corredor*
- *Uma barragem contra o Pacífico*

COLEÇÃO
MARGUERITE
DURAS

© Relicário Edições, 2024
© Les Éditions de Minuit, 1980

Dados Internacionais de Catalogação na Publicação (CIP) de acordo com ISBD

D952v
Duras, Marguerite

O verão de 80 / Marguerite Duras; tradução por Adriana Lisboa; prefácio por Anne Brancky. –
Belo Horizonte: Relicário, 2024.
132 p. ; 13 x 19,5 cm. – (Coleção Marguerite Duras ; v. 6)

Título original: *L'Été 80*
ISBN: 978-65-89889-92-2

1. Literatura francesa. 2. Romance. I. Lisboa, Adriana. II. Brancky, Anne.
III. Título. IV. Série.
CDD: 843.7
CDU: 821.133.1-31

Elaborado pelo bibliotecário Tiago Carneiro – CRB-6/3279

Coordenação editorial: Maíra Nassif
Editor-assistente: Thiago Landi
Coordenação da Coleção Marguerite Duras: Luciene Guimarães de Oliveira
Tradução: Adriana Lisboa
Revisão técnica: Luciene Guimarães de Oliveira
Preparação: Raquel Silveira
Revisão: Thiago Landi
Capa, projeto gráfico e diagramação: Tamires Mazzo
Fotografia da capa: © Marion Kalter/Bridgeman Images (1981)

RELICÁRIO EDIÇÕES
Rua Machado, 155, casa 1, Colégio Batista | Belo Horizonte, MG, 31110-080
contato@relicarioedicoes.com | www.relicarioedicoes.com

1ª edição [inverno de 2024]

ESTA OBRA FOI COMPOSTA EM MINION PRO E
HEROIC CONDENSED E IMPRESSA SOBRE PAPEL
PÓLEN BOLD 90 G/M² PARA A RELICÁRIO EDIÇÕES.